小学館文庫

煉獄島

鬼田竜次

小学館

目次

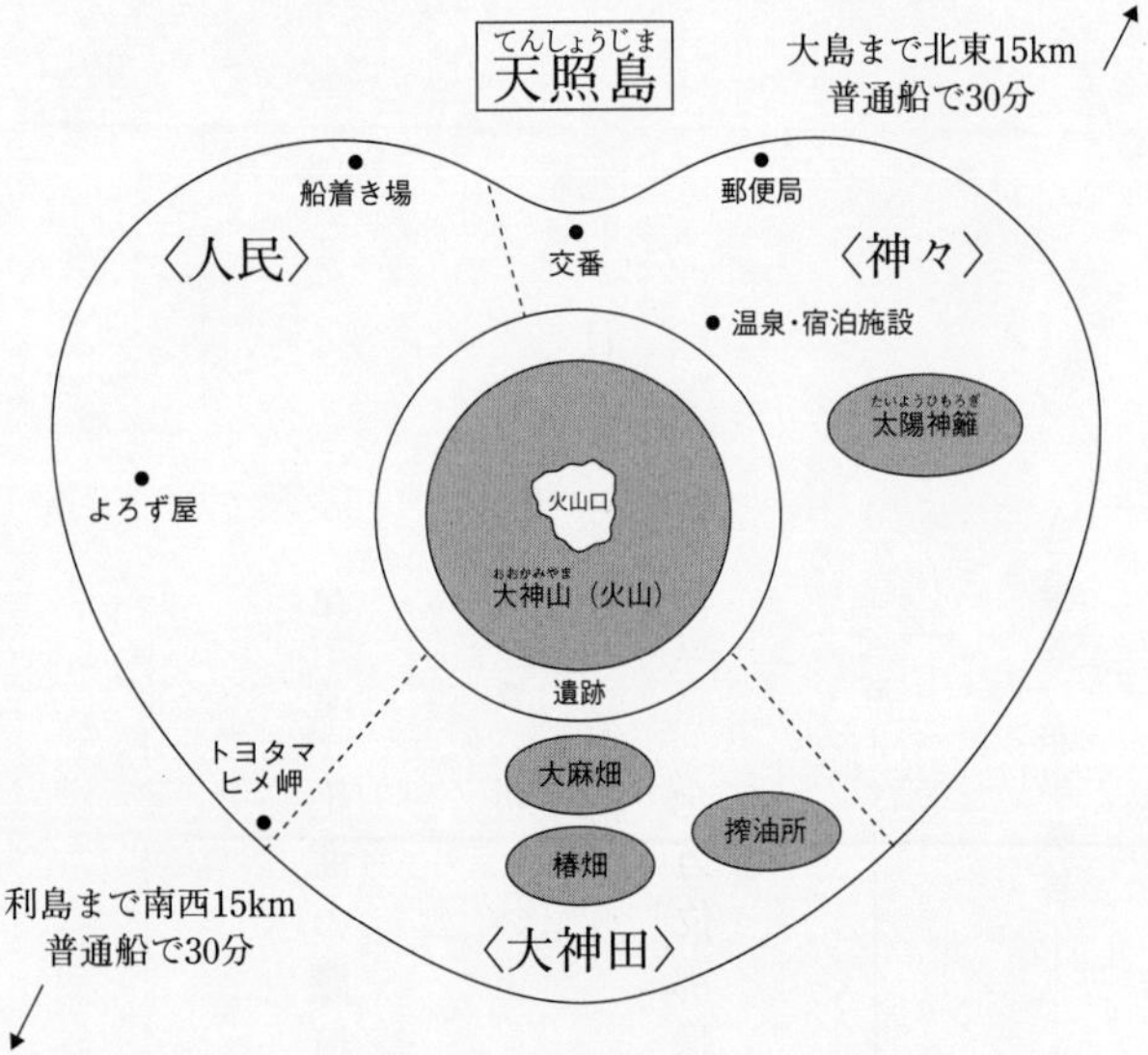

登場人物

警視庁

中田数彦　元特殊部隊（SAT）制圧第一班班長。療養中
谷垣浩平　特殊班（SIT）係長。謹慎中
川村年雄　特殊部隊・指揮班班長
高田悟　捜査一課特殊犯捜査係専任管理官
浅岡泰造　元暴対課長
野尻良孝　新警視総監

天照島

天乃由依　長女
天乃癒阿　次女
天乃柚介　長男
天乃遊太　次男
桑原　よろず屋店主
榊原　小型船所有者
グエン・ヴァン・ナム　不法就労者
ホアン・ター・バン　不法就労者

プロローグ

証拠映像を突きつけられたように、これまでの警察人生がワンシーンずつ脳裏によみがえる。しばらくすると、暗転したまま動かなくなった。渦巻く海流の中心のような、あるいは蟻地獄《ありじごく》の巣のような、大きな黒い穴が口を開けている。

謹慎中の谷垣《たにがき》は、真っ暗な洞窟の中を手探りで進むことを諦めた。これから自分がどこへ連れていかれるのか、いくら考えたところで判明するはずがない。しかし、そこもまた出口の見えない暗闇だろうという、確信めいた予感があった。

谷垣が通されたのは、警視庁十七階にある警視総監室だった。赤絨毯《あかじゅうたん》が敷き詰められ、ほかのどこよりも威厳に満ちている。

「では、私はこれで失礼します」

背後に立つ、監察官が一礼した。家族と別居中の谷垣が宿泊するホテルを訪れ、ここまで同行した男だった。百八十センチに迫る谷垣より頭一つ分背が低く、スーツがはち切れそうなほど逞《たくま》しかった。

監察官が扉を閉めると、室内は異様な重圧感に包まれた。

左前方には谷垣の直属の上司が立っていた。捜査一課特殊犯捜査係専任管理官である、高田悟《たかださとる》だ。階級は警視。五十代半ばに見え、豊かなロマンスグレーの髪を後ろへ撫《な》で付けている高田管理官は、両手を後ろに回し、谷垣を険しい顔で見つめていた。

そして——初めて正対する正面奥のデスクに座る相手を、谷垣は報道で知っていた。次の春の人事で警視総監に内定している、野尻良孝《のじりよしたか》だった。五十九歳で、福岡県警本部長、警察庁長官官房長の職を経て、抜擢《ばってき》された。額はやや後退しており、太い眉と引き締まった口元、そして真《ま》っ直《す》ぐな目つきが、胆力のある男だと物語っていた。

「谷垣。君は、警察人なのか？」

厳しい口調で高田管理官が言った。

「それとも、正義に篤《あつ》い、ただの理想主義者か？」

事前連絡もなくホテルの前で秋吉に捕まり、車に乗せられ、警視総監室まで連れてこられたのだ。その上でいきなり抽象的な問いを投げかけられても、返す言葉がない。

しかし、特に答えを待つ間もなく、野尻は、

「いきなり呼び立てて、申し訳ない」

と言葉を掛けてきた。明るく、良く通る声だ。傍らのファイルを手に取ると、開いて目を通していく。

「谷垣浩平《こうへい》、四十二歳、警部。捜査一課特殊犯捜査第一係長。ＳＩＴに抜擢される少し前に、迷宮入りかと思われた少女誘拐事件を解決し、警察功労章を受賞しているな。最高位の勲功章に次ぐもので、実に素晴らしい」

過去の光景を思い浮かべると、谷垣は胸が熱くなった。

それは、ここで前総監から記章を手渡されたことではない。自らの信念と粘り強さに基づいた捜査により、事件を解決できた事実こそが誇りだった。

「しかし、今は謹慎中の身か」

目を落としながら、野尻が眉根を寄せた。額にも深い皺《しわ》が浮き出ている。

「先日の日本刷新党によるテロ事件の解決までの最中に、問題が起こったわけだな。君が捜査の指揮を執る中で、まずは、被疑者のうちの一人である未成年者を、ＳＡＴの狙撃班が射殺してしまった。最後の現場においても、君の狙撃命令の遅れから、民間人の代わりに人質を買って出た特殊部隊員の中田《なかた》が、犯人から撃たれてしまうという失態を招いた――」

谷垣の中にやるせなさが募った。あれからずっと、苛《さいな》まれている感情だった。少年のことを思うと苦しくなった。青春を犠牲にし、医療制度の改革を必死に訴えていた相手を、中田は独断で容赦なく撃ち殺したのだ。

やはり、許すことは出来ない――

言いたいことは山ほどあったが、しかし、犯行の首謀者に対する狙撃命令を躊躇《ちゅうちょ》し、そのために中田が負傷したことは紛れもない事実だった。

従って、谷垣はなにも言うことが出来なかった。中田という男と出会ってからすべての歯車が嚙《か》み合わなくなってしまったと、恨みが募っている。

「もちろん、中田が非常に問題の多い人物であることは、我々も十分承知している」

深く息を吐くと、野尻は顔を上げ、射抜くような炯眼《けいがん》を向けてきた。

「君に、頼みたいことがある——ここからの話は込み入っている。高田君と三人で、向こうの応接セットで話そう」

ファイルを手にしたまま、野尻新総監が立ち上がる。

テーブルを囲むように、二人掛けの黒革のソファーが四台置かれている。奥に座る野尻新総監の正面に、谷垣は腰を下ろした。高田管理官は左奥に座った。

「谷垣君。天照島《てんしょうじま》を知ってるか？」

野尻新総監の質問に、谷垣は記憶を辿《たど》った。聞いたことがあるような気もしたが、はっきりとは思い出せなかった。

補足するように高田管理官が続けた。

「大島《おおしま》の近くにある、小さな島だ。かつては売春島などと揶揄《やゆ》されていたが、九〇年代に浄化されたことになっている。あくまでも、表向きはな」

東京都に属しながらも一般的には知られていない怪しげな島——言われてみれば谷垣も、そんな噂《うわさ》をちらりと耳にしたことがあった。

「谷垣、浅岡泰造《あさおかたいぞう》警視のことは、知ってるな？」

「ええ、もちろん。組対の暴対課長だった方ですよね。確か、去年あたりに定年で退官されたはずだと」

「そうだ。現役時代、彼の評判はどうだった？」

「やり手だと聞いています。ただ、一方で——」

OBの陰口を叩《たた》くようで、谷垣は躊躇した。

「構わない。言え」

「一部の暴力団と、繋《つな》がっているという噂を聞いたことがあります。特に、有林組《ありばやしぐみ》と関係が深いと。もちろん、裏を取ったわけではありませんが」

「その弾は、恐らく命中している」

両腕を組むと、高田管理官は鼻から長い息を吐いた。

「実はな、谷垣君。浅岡は若い頃、もう随分前のことだが、天照島へ赴任していたことがある」

ファイルを捲《めく》りながら、野尻が説明する。

「知っての通り、転勤は長くても三年から五年だが、やつは自らの要望で、島に十年留《とど》まったんだ」

十年――

「よほど、居心地がよかったのでしょうか。自然環境が豊かで」

「その通りだが、実情は違う」

野尻の顔が、一気に険しくなった。

「やつは、島の利権をむさぼっていたんだ。ある意味、島の王だったんだよ」

谷垣には意味が分からなかった。

「いいか谷垣。ひっそりと売春を営んできた天照島には、もうひとつ裏の顔があった。大麻だ。広大な土地を利用して、栽培しているらしい」

環境や条件を考慮すると確かに適していると、谷垣も納得する。

「今から三十年も前の話だが、やつは赴任した先で、売春と大麻売買の利益の一部を、賄賂として受け取っていたようだ。多額の金を受け取る代わりに、悪事を見逃していたんだ。もしかしたら、自らも裏稼業に手を染めていたかもしれない」

「しかし、なぜ今頃になって」

素直な疑問を、谷垣は口にした。

「以前より、複数のタレコミが監察官室へ寄せられていたんだ。君も承知している通り、有名大学のアスリートたちを含め、近年では若者の間で急速に大麻が広がっている。内偵を進めたところ、その一部は島由来のものであることが確認された。時間がかかったのは、この島の特殊性による。自然信仰に基づく独自の生活形態のため、情報が本土と切り離されている。

確証はあるのだろうが、三十年前のこととなると立件は難しい。

「お前の言いたいことは分かるぞ」

同意するように、高田管理官が口にする。

「収賄罪の時効は五年、贈賄罪の時効は三年だから、たとえ十年間、犯罪行為を続けていたとしても、今さらどうすることも出来ない。ところが、話はこれで終わりではなかった——」

語気を強めるとともに、高田管理官の顔が赤みを帯びた。

「売春と大麻による裏金利権は、代々、それ以後の駐在にも受け継がれてきたようだ。もちろん、現在も」

「なぜ分かるのですか？」

「どうやら、島では複数のベトナム人が働いているらしい。非常につたない日本語で、何度か通報があったんだよ。島では大麻が流通しているだけでなく、警官の懐に入っていると」

外国人労働者ゆえに、島の特殊性に囚《とら》われることなく通報できたのだろう。

「浅岡も去年まで、もしかしたら今でも、その恩恵にあずかっているのかもしれない。警視庁内で、天照島ルートの裏金ネットワークが受け継がれていたら――」

「確かに、我々にとって裏金は、切っても切れない関係です。署内で誰かが薬物事案を検挙した時に配られる祝いの粗品、ああいうものの出所も」

「おい」

高田管理官が声を上げ、遮《さえぎ》った。

「もういい。とにかく、天照島ルートの裏金は、長年にわたって、広範囲に広がっている恐れがある」

「谷垣君。手前味噌《みそ》で申し訳ないが、私の福岡県警本部長時代の仕事を、知っているか？」

「もちろんです。日本一の武闘派暴力団を壊滅させた件は、今後も語り続けられていくはずです」

「ありがとう。私は、決して悪事を見逃さない。相手が巨大組織だろうと、裏切り者の身内だろうと、怯《ひる》むことはない。今回の件も、必ず全容を解明する」

野尻が両手を組み、話を止めた。

代わりに、高田管理官が口を開いた。

「浅岡や、裏金に関係した人間は、けじめをつける意味でも、なんらかの罪名でいずれ逮捕することになるだろう。しかし、真実をそのまま世間へ公表することは出来ない」

谷垣は眉をしかめてしまう。

「いいか。今は、ただでさえ多くのシロアリが警視庁に巣くってるんだ。末端の署員による拳銃自殺、ストーカー、痴漢に万引きなどが、それぞれ複数件報告されている。警察はなにをやってるんだと、散々世間から叩かれている。お前だって分かってるだろう？」

「ええ」

「この上、長期間にわたって複数の人間が、売春と大麻の売り上げの一部を受け取っていたと報道されたら、警視庁は終わりだ。解体は免れたとしても――」

高田管理官が、ちらりと左を向く。

パスを受けたように、

「少なくとも、私の首は飛ぶだろう」

と野尻が答えた。

「聞け、谷垣。だから我々は、全容は解明するが、一切の事実は伏せることに決めた。証拠も、可能な限り抹消する。そして、その作戦遂行を、お前が先頭に立ち、務めてもらいたい」

予想外の展開に、谷垣の視界はぐらぐらと揺れた。

「谷垣、改革案を上申するようなメンタリティーだけでは、組織は守れないんだ。心配しなくても、すでに作戦は立案済みだ。例の問題児、あの特殊部隊員を使う。近々退院するらしい」

あの男が一命を取り留めたことに対する安堵《あんど》の念と、拭いきれない怨嗟《えんさ》の念が、谷垣の中で交錯した。

＊

俺は栄光の部屋へ向かっている。

退院間もない体は重いが、気は晴れている。警視庁の飾り気のない壁も床も、祝福するかのように輝いて見えた。

目指す一室は、かつて特殊部隊に任命された場所と一緒だ。恐らく次の秋の人事異動で、昇進か、少なくとも表彰されることは間違いない。日本刷新党のテロ事件を解決したのは、誰がなんと言おうと俺だ。

けれど、浮かれてばかりはいられねえ。三か月以上入院していたせいで、とにかく体がなまっていた。早く鍛え直さないと駄目だ。久し振りに袖を通した制服も、ゆるい。俺にとっては肉体こそが魂だ。

すぐに、目的の部屋の前につく。警視庁の、このフロア、この部屋に呼ばれる者は、警察官の中でも僅かしかいないだろう。

右手の親指を入り口脇のパッドに当てて、センサーを両目で覗《のぞ》き込んだ。小さなランプが緑に光ると、焦《じ》らすように扉がスライドしていく。

「特殊部隊制圧第一班班長、中田数彦《かずひこ》」

職名を告げ、室内を見遣《みや》ると、驚いた。奥のデスクに座る高田管理官と、直属の上司である川村《かわむら》さんがいるのは分かる。

だけど――どうしてこの場に谷垣がいる？

「髪が伸びたな」

任務中と変わらない顔つきで、川村さんが声を掛けてきた。確かに、綺麗《きれい》に剃《そ》り上げていた頭は半端な長さに伸びていた。

「制圧第一班班長、怪我《けが》の具合は大丈夫なのか？」

谷垣の女みたいな白い顔で見つめられると、腹の中が一気に熱くなる。

「お前が、言えた義理かよ。だ、誰のせいで、こうなったと思ってるんだ？」

邪魔だ。こいつは、異物であり、汚物であり、腫瘍だ。

「口を慎め」

川村さんの言葉を無視して、左前方に立つ谷垣へ歩み寄った。

「お、お前のせいで、この通り、上手《うま》くしゃべれねえままだ」

都会育ちなのに、変なイントネーションやどもりが出ちまう。ファインベルグバウ603で打ち砕かれた顎がスムーズに動くまでは、もう少し時間がかかるはずだ。ライフル射撃のオリンピック選手どもが愛用するだけのことはあり、破壊力が半端ない。

「特殊班係長、並びに、特殊部隊制圧第一班班長」

裁判長のような佇《たたず》まいの高田管理官が、咳払《せきばら》いをしたあと、口を開いた。

「特殊任務に就いている君たち二人に関する人事の決定事項について、直接私の口から伝えることにする」

来た。

「まずは、特殊班係長、谷垣。君に関しては、引き続き停職を命ずる。残り期間は三か月で、計六か月間とする」

ウケるぜ。いい気味だ。この馬鹿のせいで、俺は死にかけたんだ。

「続いて、制圧第一班班長、中田」

もちろん、俺は昇進だろう。こいつの前で内示を受けるなんて、胸がすくぜ。

「君に関しては、現職を解任し、配置転換を命ずる」

なに？

「新たな赴任地は、天照島とする。離島の駐在員として、現在の者と交代してもらう」

「——テンショウジマって、どこにあるんだ?」

一度も聞いたことがなかった。

「大島と利島《としま》の中間にある。小さな島だ。人口は二百人ほどで、縄文時代からの遺跡がある。世界遺産にも推薦されたことがある」

「ふざけんじゃねえ。島流しじゃねえか」

この世はバグってんのか? これまでもずっと、くそみてえなことばかり起きやがった——

幼かった俺と母を殴り続けた忌まわしい父親は家を出て、俺はずっと施設で過ごしてきた——

なんとか警察に拾われて、訓練を重ね、SATに昇格し、制圧第一班班長に任命された——

それが、いきなりこのざまだ。

怒りが込み上げ、右手を握り締めた。体が勝手に前へ進む。

「こらえろ」

すかさず川村さんが立ち塞がり、両手で俺の肩を押さえる。

分厚い胸板を散弾銃で撃ち砕きたかった。

「どいてくれ」

「残念だが、非は君にある。被疑者の少年を射殺するなど、あまりにも暴走しすぎた」

谷垣の馬鹿が口を挟んできやがった。よりによって、憐《あわ》れむような顔つきで――

「て、てめえの一番ムカつくところはなあ、いつも自分が発端のくせに、澄まし顔で、偉そうにのたまうところだ」

「問題を起こしたのは、私じゃない。君だ」

「うるせえ。お前だって停職だ。とっとと帰って、女房の乳でもしゃぶってろ」

「谷垣の言う通りだ。君は、多くの問題行動を繰り返した」

突き放すような高田管理官の態度も、許せねえ。

「管理官。こいつの判断が遅れたせいで、俺は撃たれて、死にそうになったんだ」

谷垣を指差しながら、訴えた。

「承知している。だから、停職六か月を命じた」

「待てよ。な、なんでこいつが停職で、俺が島流しなんだ」

進もうとすると、再び川村さんが押さえた。

「のみ込むしかない。決定は覆《くつがえ》らない」

「おかしいぞ。筋が通らねえ」

「これが組織だ」

川村さんが冷めた顔をしていることも、納得できない。

「助けてくれ。俺は、今さら駐在なんて、耐えられねえ」

「無理だ」

「実戦訓練で、い、生き抜いた仲じゃねえか」

「関係ない」

怒りで顔が熱くなる。

「じゃあ、なんであんたはここに来た？　俺を庇《かば》うためじゃねえのかよ」

川村は表情を変えない。

「逆だ。お前が人事を不満として暴れ出した際に制圧するため、私はここに呼ばれた」

この野郎――

「万一の事態を想定して、指揮班班長を同席させて正解だった。君が暴発したら、手がつけられない」

その通りだよ、管理官。艶のあるロマンスグレーに火をつけて、全部燃やしてやりたい。

「裏切ったな、てめえ」

憤怒《ふんぬ》を込めて、川村を睨《にら》んだ。

「どういう意味だ？」

「てめえも谷垣と同じだ。俺の邪魔をしやがった」

二人まとめて殴りつけたい衝動に駆られたが、体が言うことを聞かねえ。

体力が回復したら、二人ともけりをつけてやる——

川村が目を細めながら諭した。

「中田、自暴自棄になるなよ。お前の居場所は警察しかないんだ」

「うるせえ」

くそどもに背を向けて、出口へ歩き出した。

「SATの誇りを忘れるな」

川村の勝手な言葉を耳にしながら、今すぐ取るべき行動について考えを巡らせた。

このまま、ただで退くわけにはいかなかった。

とっとと相棒を救出しねえとな——

この先も、なにが起こるか分からなかった。だから、相棒だけは絶対に譲ることは出来ねえ。

左遷を同僚に知られる前に、素早く作戦を完了させることにする。

第一章　絶海の魔境

澄み渡る空は戦場を思い出させる。

第六機動隊、ＳＡＴに任命された俺は、あの夏、オーストラリアのキリングヴィレッジへ野戦訓練のために派遣された。かの地で俺と川村は、敵兵を再起不能にし、あるいは殺害し、なんとか生き延びることが出来た。

スムーズにことが進んだわけじゃねえ。俺は睾丸《こうがん》をえぐられ、死にそうなところを川村に救出してもらった。

しかし――いっそのこと、見殺しにしてくれた方がましだった。

今となっては心底から思っている。

アサルトスーツとタクティカルベストを剝がされ、ダサい活動服の駐在員に堕《お》ちるとは――しかも、右腰のホルスターに収まっているのが時代の遺物、ニューナンブM60だと考えると情けなくなる。

晴れた空の所々に、綿菓子をちぎって放ったような、積雲《せきうん》が漂っていた。

天照島へ向かうため、朝早くに浜松町駅から竹芝客船ターミナルへ向かった。

近年、警察官は出勤時から制服や活動服姿であることが推奨されている。今回も例外でなく、どこだか分からない島へ出向くまでの間、制帽と活動服を着用するよう上から強く言われている。

堅苦しくて仕方ないが、ラッキーだったこともある。俺の荷物はほかの一般客よりもやや多く、かなり大きなリュックとボストンバッグがひとつずつだった。それでもこの格好とIDのおかげで、面倒なチェックを受けることは一切ない。

「ちっ、けちりやがって」

チケットを確認して、毒づく。ゆとりのある大型客船とスピード重視の格安ジェット船があるようだが、俺が乗るのは後者だった。しかも、天照島には週一回しか出航しないらしい。

船は、オレンジの塗装が所々剝げている、小さな二階建てだった。大島まで直通で、そのあとに天照島へ向かう。

前方の乗降口から先頭で乗り込み、向かって左奥の窓際の席を陣取り、横の二席に荷物を下ろす。初秋でも日差しが強く、暑かった。活動服と制帽を脱ぎ、ボストンバッグへねじ込んだ。警視庁の警察官は、ワイシャツ姿になることは許されない。必ず対刃防護服、ベストを着る。だが、ここでは身内に見られることなどなかった。

十五人ほどが乗船したのち、ジェット船は出航した。

塩臭い風を受けながら、空を見上げる。

一時間四十五分ほど経過したのち、大島へ到着した。

予想していた通りほとんどの乗客が下船し、残りは俺を含めた男三人だけとなる。

あとの二人はジジイだ。

しばらくすると、再びエンジン音が響き渡った。

前方に座るタンクトップ姿の船長の態度が酷《ひど》いことが背中越しからでも確認できる。

煙草《タバコ》を咥《くわ》えたまま、ずっと唾を吐き続けている。

少しすると、どういうわけか、船は急激にスピードを落とした。

海面に目を配ると、右側前方にクロールで泳いでいる人影を認めた。濡《ぬ》れた金髪と赤い長袖シャツ姿の若い女で、徐々に動きが鈍くなっている。

ツイてるぜ。ライブで溺死ショーを見られるかもしれねえ。

どんな理由か知らないが、天照島から逃げてきたなら、隣の利島か大島までは十五キロは泳がなくてはならない。あんな下手な泳ぎでは、じきに溺れ死ぬのは目に見えていた。

船はゆっくりと方向転換し、女の方へ向かった。

女はすでに水かきをしておらず、海面からなんとか顔を出し、必死の形相のまま両手でもがいている。

溺れる瞬間を待ちわびる気持ちと、面倒なのでひと思いに沈めてやりたい衝動が、俺の中で交錯する。

「あーっ」

声にならない甲高い叫びが響いてきた。

ウケるぜ。カラオケ歌ってんのか？

エンジンを掛けたまま、船は女から二メートルほどのところで停止した。

「つかまれ」

船長が眉間に皺を寄せながら、ロープの付いた浮き輪を放り投げる。

女が必死に手繰り寄せ、上から輪の中に体をくぐらせる。その後、ロープを引く船長の動きに合わせて、自らも平泳ぎのような動作で船を目指した。

抱きかかえられるようにして船上に引き上げられた女は、激しく肩を上下させ、荒い呼吸を繰り返す。

「あのくそ男、勝手に、売り飛ばすなんて、許さねえから――」

船長が衛星電話を取り出し、なにやら話し始めた。

まあいい。俺には関係ねえことだ。

再び、船が進み始める。

波打つ海に視線を戻した。

＊

ほどなくして、船は天照島へ到着した。

「おら。とっとと行くべえよ」

床にへたり込んだままだった女を、船長が真っ先に腕をつかんで立たせ、前方の乗降口から追い出した。

船着き場の先頭で待ち構えるようにして立っていた日焼けした男が、女の腕を取り、引いていく。

女が連れ出されると、週一回の運航船を待ち構えていたのか、乗客が下船するのを待たずして前後の乗降口から島民が乗り込んでくる。

ちっ。田舎《いなか》もんが。

「よう。お前が新しい駐在か？」

後方の乗降口から乗り込んでくる列の中に、制帽を被《かぶ》り活動服を着た警察官がいた。眉が太く、四十代の半ばに見える。階級章を見ると巡査部長だった。同業だから、制帽もベストもないワイシャツ姿の俺を、一発で交代要員だと見抜けたのだろう。

「若いな」

「それでも、こっちは警部補だ。あんたよりも階級は上だ」

「大したもんだな。所属はどこだったんだ？」

「特殊部隊だ」

相手は眉根を寄せた。

「浅岡さんも、焼きが回ったか。こんな若造に、仕事を任せるとはな」

知るか。浅岡なんて。なにか勘違いしてるようだが、まあいい。

「そっちは裏金でも使い込んだのか？」

緩んだ口元から察するに、そう遠くない理由だろう。

「まあ、腐らずに、楽しむことだな」

「こんな辺鄙《へんぴ》な島、なにもねえだろう」

「とぼけんな。一見長閑《のどか》だが、俺たちの仕事は山ほどある。分かってんだろ」

すれ違う相手の身なりに、若干の違和感を覚える。左手首の袖から覗いている腕時計は、間違いなく金無垢《きんむく》だった。左遷された下級公務員には似つかわしくない。

乗り込んでくる島民の列が途切れると、リュックを背負って左手にボストンバッグを持ち、後方の乗降口へ向かう。

体格のいい二人の中年男が左右に立ち、睨みつけてきた。

「お前、見ない顔だな。どこに泊まる？」

右側の角刈りが口を開いた。

黙っていると、「答えろ。予約してんのか？」と、左側の男が腕をつかんでくる。

「てめえら、乗客の監視でもしてんのか？」

「聞いたことに答えろ」

面倒になり、左側の男の顎を目掛け、右掌《てのひら》の手根を突き上げた。

相手の顔が視界から消えた。

リュックを右肩に背負っているので、残念ながら手加減する形となった。それでも後頭部をコンクリートに打ち付けたため、しばらくは起き上がれないだろう。

「公務執行妨害だ」

ポケットからＩＤを取り出すと、仕方なく右側の男に提示した。容疑を告げるのが遅れたが、関係ねえ。離島だからな。

「──新しい駐在か。みずらいふとすけめ」

「何語だ？　とにかく、口の利き方がなってねえな」

素早く、鼻を目掛けて頭突きを食らわせてやった。

男は鼻血を流しながら後退し、横向きに倒れた。打ち上げられた魚のように、頭と両足をくねらせている。

気を取り直し、ポケットからフェリー乗り場で配られたリーフレットを取り出し、島の概要を確認した。

大島と利島、両島の間に位置する天照島は、特徴的なハートの形をしている。北を向いたくぼみの位置に、海に背を向ける形で交番があった。西に船着き場、東に郵便局が確認できる。

ここは火山島のようだ。中心に大神山《おおかみやま》という活火山がある。比高百五十メートル、火口径八百メートルで、三原山《みはらやま》と同じ規模だ。島の先祖は大神山を神格化したのだろう、周囲を縄文以来の遺跡が囲んでおり、立ち入り禁止区域もあるらしい。そのほかにも、西には島に一軒しかないよろず屋、南には大規模な椿畑《つばきばたけ》、そして真東の端には太陽神籬《たいようひもろぎ》と呼ばれる祈りの広場があるという。

唐突に、地面が揺《ゆ》れた。俺の赴任に、島も喜んでやがる。まあ、地域特有の群発地震だろう。

大まかな地図を頭に叩き込むと、交番を目指し東へ向かって進んだ。

しばらくの間、人通りの全くない広い通りを歩き続けた。ようやく、左前方に見えてくる。

「崩れそうじゃねえか」

二階建ての交番は想像していたよりも老朽化が進んでいた。先が見えない中、あんなところで暮らさなければならないのだと考えると、反吐《へど》が出そうになる。

重い足取りで進んでいると、遠くの方に人影を認めた。右側から歩いてくる三人組で、中心にいるのは長い髪を束ねた女だった。両脇に体格のいい男を従えている。三人とも神職が身に着けるような白装束姿だった。

ほどなくして、左側から島の老婆と思われる二人連れが歩いてくる。三人組とすれ違いざまに、二人は足を止め、腰を折り曲げるようにして頭を下げた。

新興宗教か？

気色の悪い光景だったが、とっとと荷物を下ろしてしまおうと、視線を外して交番へ急いだ。近くまで来ると、壁面の所々に無数の細かなひび割れが確認できる。左脇には小さな物置があった。

引き戸を開けて進むと八畳ほどの部屋で、向かって右側に錆《さ》びたスチール製のデスクと、奥にパイプ椅子がある。デスクの上には初めて目にするダイアル式の黒電話が置かれていた。左端には同じくスチール製の大きな棚がひとつ。

外観の雰囲気を裏切ることなく、中の状態も酷かった。コンクリートの壁は所々がひび割れている。

棚の奥には扉があった。進んでいくと、右側手前から階段とトイレと風呂場が並び、左側には四畳半の和室がある。二階には六畳間の和室が二部屋並んでいる。手前の部屋の片隅にはむき出しのままの布団があった。

一階へ戻り、到着の一報を本庁に入れようと黒電話の受話器へ手を伸ばす。見透かされたように、ベルのような古めかしい着信音が鳴り響いた。癪《しゃく》に障ったので、小さく上にあげたあと、すぐに下ろしてやった。

しばらくすると、今度はボストンバッグの中からピーフォン――警察専用の携帯端末が鳴り響く。こいつは、一一〇番の通報内容を文字で読め、写真を数千台に一斉送信でき、五人までの同時通話が可能だ。無線が使えない地下やビル内でも通話が可能という優れものだが、通話ボタンを押しても途切れ途切れでしか聞こえない。

そのまま外へ出て、少しの間、電波状態のいい場所を探して徘徊《はいかい》したが、駄目だった。面倒なので、通話を切る。

中へ戻ってみると、面白いことが起きていた。部屋が絵に描いたように荒らされていた。黒電話が床に落ちて受話器が外れ、棚にあった小冊子が散乱している。

野生の猿でも侵入しやがったか。

いいじゃねえか。さすが離島だと、笑い出しそうになった。

一晩経《た》っても、五感は島の空気に馴染《なじ》めていない。

住居兼交番の二階で、窓を開けたまま寝ていた。そのせいか、やけに青臭いにおいで夜明け前に目覚めてしまった。待機寮や病室の冷たいコンクリートの空間と違うため、神経が過敏に反応したのだろう。

薄い敷布団の上で、天を仰いだまま、しばらくの間じっとしていた。

日が差してくると一気に目が冴《さ》えて、布団から起き上がった。トランクスとタンクトップの上から、スラックスに青い長袖シャツ、ベストを着込んでいく。これまで待機室でアサルトスーツを装着していた時とは異なり、身の引き締まる緊張感、高揚感は皆無だ。

最後に制帽を被るが、やはり投げ捨て、一階へと下りていく。

ちっ。夜には定位置にあったはずのパイプ椅子が、反対側の棚の方で転がっていた。

また、猿が侵入したのか？

さすがに笑えねえぜ。どこの馬鹿の仕業だ。

苛立《いらだ》ちながらパイプ椅子を定位置に戻し、パトロールという名の散歩へ出かけた。

気の向くまま、交番を出て左手、東の方へ歩いていく。

舗装されていない田舎道のような車道をそれ、左側に生えている一本の木のそばへ寄った。ほかにも多くの木々が自生していたが、これが最も目にする種類だった。近くの枝を左手で手繰り寄せ、右手の指先で一枚の葉をつまみ、観察する。よく見ると、のこぎりの歯のように、周囲が小さな突起で囲われている。

椿《つばき》か。間違いなかった。五、六メートルの高さのものが多かったが、中には十五メートルを超える立派な個体もあった。防風林とするべく、かつて大量に植樹されたのか。あるいは近くの大島のように、元より数百万本が自生しているのか。

再び車道の端を歩いていくと、途中からアスファルトに切り替わった。周囲を覆っていた多くの木々も伐採されたのか、突然見通しがよくなった。

大神山の麓《ふもと》近くには、一階建てのモダンな建物が並んでいる。コテージのように見えた。こんな場所にそれほど需要があるとは思えない。

数十メートル離れた左奥には、仰々しい日本家屋が建っていた。大邸宅で、家というよりは神社のように見えた。屋根部分が、板葺《いたぶ》きの神明造りになっている。

辺境の島の文明に、そそられている自分に気付く。さらに、五メートルほど進んだ。

正面を向く、兜《かぶと》のくわがたに見える長い千木《ちぎ》は、先端が水平に近い角度で削られていた。

敷地はかなりの広さを誇り、威厳に満ちた母屋のほかに、何棟かの建物が建っていた。

何者が住んでやがる?

趣味が悪い田舎の成金が住む屋敷とは、明らかに趣向が違った。華麗さをアピールしたいというよりも、干渉を許さないような圧を感じた。

右手の遠くの方から、聞きなれない音が微《かす》かに聞こえてくる。

法螺貝か。　左手首のスポーツウォッチを確認すると、午前七時少し前——ということは、時報の意味合いとは違うはずだ。

　右を向いて歩き出し、見通しのいい一帯を通り過ぎた。再び周囲を木々に囲まれた道を歩いていき、島の東端へと向かっていく。

　聞こえてくる音色が変わった。低く響く重い音から、甲高い音色になった。空気を切り裂く高音で、笛の一種のようにも思えたが、こんな音は一度も聞いたことがない。

　早足で十分ほど進んでいくと、ようやく視界が開けた。予想もしなかった光景に、思わず足が止まった。

　広い野原の中、二十メートルほど先に、何本もの巨大な丸太のようなものが円形に埋められていた。天に向かって垂直に伸びているそれらは、電信柱よりも背が高い。

　気味が悪い木柱の列だ。

　二十メートルを超えると思われる円の中に、多くの島民らしき者が集っていた。五十人か、いや、もっといるだろう。円形に立つ木柱の向かって右側、約五メートル隣には、幅一メートルを超える大きな石が同じように円形に配置されていた。

　相変わらず、空気を切り裂くような高音が響いてくる。離れているので音量は大きくないが、気を許すとトランス状態に落ちてしまいそうな音色だった。

　神社のような家に、木と石のサークル——胡散《うさん》臭い島だ。

うんざりとしながらも、集会現場へと歩いていく。

近づくにつれて高音のボリュームが大きくなり、頭の中を風が吹き抜けていく感覚に包まれた。

距離が半分以上縮まった時点で一旦足を止め、会場の様子を改めて観察した。左側には、百八十センチ前後の大柄な男が二人。両者ともに、白い作務衣《さむえ》のような、道着のような、浮世離れした服装だ。

手前の男は髪を後ろでひとつに結び、首から大きな法螺貝を下げていた。さっきまで響いていた音は、あいつが吹いていたのだろう。

そして、今も空気を切り裂いている音色は、髪を後ろに撫でつけている奥の男が生み出していた。なにかを両手で包み込むようにして、口元に近づけている。

石笛《いわぶえ》だ。

実物を目にするのも、古代を想起させる振動に触れるのも、初めてだ。さらに距離を詰めていくと、石笛はサツマイモほどの大きさがあった。陶器のような白地に、様々な緑の絵の具をこぼしたような模様が見える。上質な翡翠《ひすい》に違いなかった。

トンビの鳴き声をさらに高くしたような音色がしばらくの間続き、やがて演奏が止まった。

「にいちゃん、知らない男が来たよ」

法螺貝を下げた手前の男が、俺を見るなり口にした。年齢にそぐわない物言いを怪《け》訝《げん》に思い、相手を確認する。目の焦点が定まっていない顔つきだった。軽い障害でもあるのだろう。

「遊太《ゆうた》、新しい駐在だ。服を見れば分かる」

石笛を吹いていた奥の男が答える。右の腰には、精麻《せいま》で出来たような二十センチを超える房飾りを下げていた。奥の男には見覚えがある気がした。警察関係者か。いや、それなら忘れるはずはねえ。

「普通の服だ」

「上着もベストも着てないが、よく見ろ。青いシャツを着ている」

「本当だ」

「それに、腰元には警棒も下げている」

俺も二人のなりに目を配る。両者とも様々な色の管玉《くだたま》が連なる首飾りをつけている。そして、それぞれ中央には五センチを超える立派な勾玉《まがたま》を下げているが、遊太と呼ばれた男のものは兄貴と向きが異なっていた。

「本当だ。それでも、駐在には見えない」

「おい」

遊太の方へ歩み寄る。

「お前、ウケるな。人のなりのことを、とやかく言えるざまかよ」

「どういう意味だ？」

「勾玉の向きが違うぞ。窪《くぼ》みはどちら側でもいいが、兄貴のように直接通さねえと、きちんとした効果が得られねえ」

もちろん適当だが、全くの門外漢というわけでもなかった。ガキの頃は、原始時代や古代の暮らしぶり、統治システムに興味を持っていた。

「にいちゃん、本当か？」

遊太が振り返って尋ねると、「そうだ」と奥の男が返事をした。

けっ。馬鹿ばっかりだぜ。

「新しい駐在だな？」

「ああ。中田だ。お前は？」

「柚介《ゆすけ》だ」

遊太が、「にいちゃんはスサノオの化身だ」と誇らしげに言った。

「お前らは神職なのか？」

「我々天乃《あまの》家が、代々この島の祭祀《さいし》を執り行っている」

やはり、目の前の男を見たことがあった。けれど、時と場所を思い出せない。

「職質だと思って答えろ。お前らは二人兄弟か？」

「四人だよ。上に姉ちゃんが二人いる」

　遊太が無邪気に答えた。

「神職としてのトップは、長男のお前か？」

　遊太が続けようとしたが、今度は柚介が答える。

「位は二人の姉の方が上だ。ここでは、オノコロだった頃から縄文が終わるまでと同じように、母系社会が続いている」

「タゴリヒメ様とアマテラス様だ」と、遊太が口を挟む。

「オノコロ島《じま》は、淡路島じゃねえのか？」

「残念だが、歴史は色々と改ざんされている」

　柚介は蔑むような笑みとともに口にした。

　正直、どうでもいい。発祥の地がどこだろうが、俺には微塵《みじん》も関係ねえ。

「この、背の高い柱の列はなんだ？　あそこの、でかい石のサークルも」

　順番に顎で指しながら、気になっていたことを尋ねた。

「太陽信仰に基づいた遺跡群だ。だからここは、太陽神籬と名付けられている。特定の星の動きを観測する役目もあるが、それ以上は言えない」

「ハッハー。もったいつけやがって」

「代々伝わる秘密は数多い。けれど、本質は変わらない。母なる自然に感謝を捧《ささ》げることだ。神道とは、それ以上でもそれ以下でもない」

「どれくらいの頻度で集まってるんだ？」

「もちろん、毎朝感謝を捧げている。ほかにも、季節ごとの祭祀もある」

「ウケるぜ。毎朝やるなんて、ラジオ体操みてえだな」

「古来のしきたりだ。島民たちも納得している」

右を向き、集まったやつらの方をざっと見渡した。昨日、船着き場で揉《も》めた男の顔が見えた。人数から察して、島民の半分以上が参加しているのだろう。

老いも若きも、男も女も、どいつもこいつも不機嫌そうな顔を向けてくる。

よそ者は歓迎されないようだな。

「正直なところ、こんな時代に祭祀なんかやったって、意味なんかないだろう。スマホがあれば、天気も、潮の満ち引きも、簡単に知ることが出来る」

「そんなことはない。ここは、昔とそれほど変わっていない。だから、大自然に感謝の念を捧げることは、八百万《やおよろず》の神々を信仰し、加護を請うことと同じだ。そうやって、救われている者も多い。ところで、確認しておきたいんだが――」

表情を一変させ、柚介が睨んでくる。

「――お前、浅岡さんから、この島のことを聞いているのか？」

「あん？　浅岡？　誰だそいつは」

「とぼけるな。浅岡さんと通じてないやつが、この島へ配属されるはずがない」

「そういえば前任者も、わけの分からねえこと言ってたな」

探るように、柚介は視線を外さなかった。

以降も話が嚙み合わなかった。ここで大自然を崇《あが》めているうちに、いかれちまったんだろう。

それよりも、俺はいつの間にか普通に話せるようになっていた。まさか、島のヒーリング効果なのか？

いや。そんなこと、絶対にあり得ねえ。

一旦交番に戻ろうと、踵《きびす》を返した。

日が昇り切り、道の両脇の椿は強い日差しに照らされ、輝いている。風が吹くと、木々の葉が一斉に上下に揺れる。その動きは、俺を嘲笑しているのか、それとも鼓舞しているのか――とにかく、マスゲームのように一定の意図がある動きに見えた。

一瞬、激しい風切音が右の耳元に響いた。濁りのある音だった。でかいトンボ、おそらくギンヤンマあたりのふてぶてしい後ろ姿が確認できた。この島では、虫は人間に遠慮しないようだ。

十数メートル先の右側に、交番が見えてきた。

その時、なにかの視線を感じた。右の方へ移動すると、正体が分かった。一枚の椿の葉の上に、はみ出すようにして、大きなヤモリがとまっている。尻尾を除いた本体だけで十センチ前後もあり、下を向いていた。それでも、俺を見上げるようにして、訴えているように思えた。

素早く右手を伸ばして捕まえた。

「クエッ」

甲高い鳥のような声を上げた。ヤモリの鳴き声を聞いたのは初めてだった。普通に考えれば、こいつにとっては緊急事態だろう。それでも、尻尾を自切《じせつ》することもないし、身じろぎもしない。ただじっと俺を見て、鳴き続けていた。

直感が働く。

「助かったぜ」

そっと、ヤモリを近くの葉の上に戻してやった。

できるだけ足音を立てぬように、気配を消しながら、交番へと戻っていく。開け放たれたままのドアから中を覗くと、一人の男が暴れていた。黒電話を床に落とし、パイプ椅子をけり倒し、棚の中の書物を床に落としている。身長は百六十センチ強の俺とさして変わらない、痩せた男だ。六十代の半ばに見えた。

「猿と鉢合わせちまった」

男は、ゆっくりと首だけで振り返った。逃げようとする相手の作業ズボンのベルトを後ろから左手でつかむ。右手首もつかむと、体重をかけてデスクに押さえつけた。

すぐさま、左手を相手の左手首に持ちかえて、背中側へ捩じ上げた。

「おい、ジジイ。ガキみてえな嫌がらせは通用しねえぞ」

額に汗を浮かべながら、相手は顔を歪《ゆが》めた。

「不法侵入に、器物損壊、公務執行妨害か」

「知るか。じのわいらには、うんらの法律は関係ねえ」

「それなら、なんに従うんだ？」

「由依《ゆい》様や癒阿《ゆあ》様に、決まってる」

由依に、癒阿――柚介が言ってた、天乃家の女どもか。

ジジイが身をよじらせようとする。

「動かねえ方がいいぞ。かえって筋を痛める」

じっとしてろよ、と注意し、手錠を取り出した。素早く相手の右手首にかけ、デスクの脚に繋いだ。

「くそ。外せ」

ジジイは往生際が悪く、じたばた手足を動かした。

「おいおい、暴れんな。でかいデスクを引きずって歩いたら、こんなど田舎でもみっともねえぞ」

ジジィは必死に外そうとするが、デスクはびくともしない。だが、ただ繋いでるだけだと物足りねえ。

一旦交番を出て、物置へ回った。

埃《ほこり》をかぶった麻縄の束を手に取ると、再び中へ戻った。

「お前は粗暴のため、たった今から特異被留置者に指定する」

「なーしんだ？」

呆《ほう》けた顔で見上げる相手の手錠を外すと、首に麻縄を巻き付けた。両手で縄を持つと、そのまま奥の和室へと引きずっていった。

充血させた目を見開きながら、「いてえ、いてえ」とジジィは足をばたつかせた。

畳の上まで引っ張ってくると、相手は抵抗する気力を失ったようで、弱々しく声を発した。

「駐在がこーたことして、許されると思っとんのか」

「なんだ。もっときつく縛って欲しいのか」

思わず笑みを浮かべてみせると、ジジィは「堪忍してくれ」と震えた。

いいぜ。楽しくなってきた。

「名前は？」

「桑原《くわはら》じゃ。島民の苗字《みょうじ》は、ほとんどが桑原と榊原《さかきばら》じゃ」

「なるほど。やっぱり、天乃家は特別なんだな」

「そうじゃ、そうじゃ。とにかくもう、勘弁さい」

尻をついたまま上体を起こし、桑原が口にした。

「待て待て、甘いぞ。さっき告げただろう。お前は留置されるんだよ。しっかり反省してもらう」

デスクへ戻り、散乱した文房具の中からハサミを持ってくる。麻縄を適当な長さに切ると、桑原の両手を後ろ手に縛り上げた。

「いてえ――ぐっ。血が止まっちまうよお」

たわごとを無視し、隅に転がっていた米袋を拾ってくると、頭から被せてやった。両側の二本の紐《ひも》を思い切り引き、袋口を首筋に密着させる。

「よし。体操の時間だぞ。うさぎ跳びの姿勢になれ」

桑原は言われた通りにした。長い麻縄を相手の手首の縄に通し、固く結ぶ。一方の端を上方の鴨居《かもい》の一本に投げ、垂れてきた先端部を引っ張ると、桑原の両腕が引き上げられた。

少し離れた柱に、麻縄の先端部を固く結びつけた。

うさぎ跳びの姿勢の桑原は、両腕を後方高く引き上げられ、頭を下げている。

「頑張れジジイ。まだ、始まったばかりだぞ」

キリングヴィレッジの拘留訓練でレクチャーを受けた、相手の心理的抵抗を削《そ》ぐ方法のひとつ。苦しく、屈辱的な体勢だ。これほどウケるショーはねえ。

「どうしてここへ侵入して、下らねえ真似《まね》をしたんだ？」

「なー、このふとすけが――交番へおっ込んだのは、われが無礼を働いたからだじぇ」

「どういうことだ？」

「島へついて早々、波止場であいつらをかっくらーしたろうが。よそもんのくせに、島のしきたりをばはにするんじゃねえ」

威勢のいい声とは裏腹に、すでに相手は両膝を畳につけている。足は楽になったかもしれないが、今度は肩と手首に負担がかかる。被せた袋の中から滴り落ちる雫《しずく》は、汗か、それとも涙か。

「来たばかりの駐在を困らせろと、命令されたのか？」

「違う。自分でやったことだ。それでも、われのしたことを神々が知ったら、喜んでくださると――」

「神々？　天乃家のやつらのことか？」

桑原は答えずに、「由依様や瘉阿様は、きっとほめてくださる」と独り言のように口にした。こいつみたく、島の男どもは進んで天乃家の女どもに好かれようとしているのか。

洗脳か、古くからのしきたりか、それとも忠誠心なのか。今のところはなんとも言えなかった。しかし、天乃家の女に対する興味が微かに芽生えた。猿をいたぶるよりも、女狐《めぎつね》を退治する方が楽しそうだ。

「どうして天乃家のやつらは、この島で力を持つようになった？」

「歴史を知りたきゃ、おいより年寄りに聞きんさい」

「ここはジジイばっかで、見分けがつかねえよ。よろず屋はどうだ？」

「あそこの桑原は、年寄りじゃ」

「ほかは？　もう一人くらい、いるはずだ」

「いつも船着き場にいる、榊原だ。この島でたった一人、小型船舶免許を持ってる」

「個人で小型船か」

「おい。早く縄をほどいてくれ。袋もだ。息が苦しい」

体力を消耗しているのだろう。口調が弱々しかった。

「よく言った。もっと罰して欲しいんだな。確かに貴様の行為は、反省文くらいじゃ許されない。まずはその格好で、少なくとも一週間は反省してもらう」

「あいや――な－して、そんなこと」

絶望するようなかすれ声を耳にして、スイッチが入った。

再び裏の物置まで行き、ガムテープを取ってくる。

「この際だから、呼吸法を矯正してやるよ。現代人は、過剰なまでに口呼吸だ。体に悪いからな、鼻呼吸に戻してやるよ」

一旦米袋を取り去り、ガムテープを口に張り付けてやった。

「お前はラッキーだ。こいつは、無料行政サービスだ」

桑原は身をよじりながら、声にならない声を発し続けた。

ざまあねえなと思いながら散らかったままのスチールデスクへ戻ると、島のリーフレットを手に取り、今一度目を通した。

壁にかかった時計に目を遣ると、九時を迎えようとしている。

「畳に小便するんじゃねえぞ。粗相《そそう》をしたら、その分だけ勾留期間が延びるぞ」

記念になるかもしれないと思い立ち、無様な姿をスマホで撮影した。

ポケットへ仕舞うと、自然と口元が緩んでしまった。

お遊戯の時間は終了だ。

ほかに悪い猿はいないか、見回ることにする。

＊

初回の極秘会議へ向かう途中、廊下を歩きながら谷垣は、高田管理官から作戦を告げられた日のことを思い返した。

――野尻がファイルを捲り始めながら言った。

「中田数彦、二十五歳。警部補。警備部第六機動隊、制圧第一班班長。候補生として臨んだ特殊部隊試験入隊訓練でも、その後の特殊部隊新隊員訓練でも、史上最高の成績を残し、晴れてSATへ入隊。臨場した現場で数々の功績を残したが、反面、素行が非常に悪く、問題行動も目に付く。日本刷新党テロ事件の前に発生した立てこもり事件においては、暴力団員である被疑者の右手をいきなり狙撃し、粉砕した――」

再び、谷垣の中に中田への激しい怒りが湧いた。説得を続けていた被疑者は、もう少しで自ら銃を下に置くはずだった。

だが、いきなり中田がサブマシンガンを連射し、拳銃を握る被疑者の右手が吹き飛んだのだ。

高田管理官が説明を引き継ぐ。

「あいつの処遇には、警備部も困り果てていた。協議の結果、今回ばかりは適任だろうと、作戦に役立てることにした。内容は簡単だ。あいつを天照島の駐在として派遣する。そうすれば、利権に目がくらみ、すぐに犯罪行為へ走るだろう」

これまで派遣されたどの駐在よりも悪漢になるに違いない。

「そのうち、中田は定期連絡もよこさなくなるはずだ。そのタイミングで、君が率いる我が特殊班、必要があれば特殊部隊も一緒に上陸し、あいつを捕らえる。その時に、島を捜索し、大麻利権と警察の関わりを疑わせるものを、すべて破壊してきてくれ。可能なら、大麻畑も焼き払え。証拠を全部潰すんだ」

谷垣は眉根を寄せた。

「大丈夫。島には、すでにエスを送り込んである。長期滞在のツーリストに扮《ふん》した者が数名。それに、現地の事情に通じている島民にも、定期的に状況を報告するよう、頼んである。だから、天照島での中田の様子と、島の様子を、我々は正確に把握することが出来る」

違う。心配しているのは、そういうことじゃない。

「中田を、そんな都合よく扱ってよいのでしょうか」

弱々しく語る谷垣に、高田管理官は怒気の色を浮かべた。

「ほかに道はないんだ。綺麗ごとだけでは回らない。今回の目的は、警視庁を守ることだ。浅岡と、恐らく存在するだろう一派のせいで我々の仕事が滞ることは、都民の大きな損失だ。そうだろう？」

今回の不祥事が明るみに出れば、マスコミに連日追及されるだろう。進行中の捜査に影響が出ることだけは避けなければならない。警察の存在意義すら消滅しかねないスキャンダルだ。

「来《きた》る上陸作戦へ向けて、今後も定期的に会議を行う。いいな？」

高田管理官が念押しした。

「来週にも、中田に天照島へ左遷するという、内示を行う。あいつの目を欺くために、君にも同席してもらい、謹慎の延長を通知することにする。分かったな」

有無を言わせぬほど、高田管理官の語気は強いものだった。

「谷垣君、私を助けてくれ」

両手を膝の上に置き、野尻が頭を下げた。

「いいか、谷垣。この機を逃したら、二度と本流には戻れないぞ」

高田管理官が目を剝《む》いた。

「私の出身は、北海道だ。鮭《さけ》の産卵は日常の風景だ。知ってるか？　遡上に失敗した個体は、その場で死ぬんだよ」

谷垣は唾を吞《の》んだ。

「自然は、厳しいんだ」

会議が始まった。

谷垣が感じているのは、通常の事件の捜査中とは異なる重苦しさだった。

会議室の中には高田管理官を始めとする計四人の幹部が集まっている。谷垣を含めて五人、全員で車座のように向き合って座っている。

「中田は島へ入り、前任者との交代が無事に完了した。だが、これまでのところ、こちらからの連絡をあいつはすべて無視している」

予想通りなのだろう、高田管理官が淡々と説明した。

「無論、前任者には、こちらの真の目的は一切伝えていない」

＊

嗅ぎたくもない潮のにおいを感じながら、船着き場を目指した。

海岸線へ出た。一旦立ち止まり、どこまでも続く海面に目を向けた。日差しを受けて輝いてはいるが、俺には青黒い監獄が続いているようにしか見えなかった。

しばらく歩いていると、前方に船着き場が見えてくる。昨日降り立った長い桟橋の手前の左側に、古びた小型船が停《と》まっていた。予想よりもかなり大きく、全長は十メートルを超えている。恐らく榊原の船だろうが、あいにく当の本人と思われる男は見当たらなかった。

近くには、ほかにも四艘《そう》の朽ち果てた小船があった。かつては漁船だったように見えたが、今では榊原の船しか稼働していないのだろう。

船着き場を通り過ぎると、島でたった一軒だというよろず屋を目指し、さらに進んでいく。

周囲は閑散としている。姿を見かけたり、よそよそしい感じですれ違ったりしたのは、数人の中年の女と老婆だけだった。島民全体が二百人に満たないはずなので、当然と言えば当然だ。いずれももんぺに見える服を着ていて、俺の時代感覚もおかしくなる。

多くの業《ごう》を背負っているかのように腰が曲がった老婆が、正面からゆっくりと歩いてきた。やはりかすれた紺のもんぺを穿《は》き、白い長袖のシャツを着て、頭に手ぬぐいを巻いていた。

距離が縮まると、八十前後に見える相手は歩を止め、見上げてくる。興味があるようにも、親しげに言葉を交わそうとするようにも見えず、道端の石ころを眺めるような様子だった。

非力な老人とはいえ、相手の顔つきが気に食わなかった。

「婆《ばあ》さん、なんか用か？」

「われ、見ない顔じゃの」

「新しい駐在だ」

小馬鹿にするように、老婆が笑う。茶色い歯は所々が抜け落ちていて、気色が悪い。

「そんなもの、ここにはいらん。邪魔なだけじゃ」

「婆さんの家に賊《ぞく》が押し入ったら、誰が捕まえるんだ？」

「島には、そんな恥知らずな者はおらん。万一おったとしても、大神《おおかみ》様たちが裁いてくださる」

「やつら――天乃家はそんなに頼りになるのか？」

「そうじゃ。大昔からこの島を守ってくださっている。雨を降らし、風を止め、荒れた海を治めてきた」

「ウケるぜ。漫画じゃねえか」

「われ、ばちがあたんど」

野良犬の相手に飽きたかのように、老婆が左横を通り過ぎていく。

ちっ。なってねえババアだ。次に会ったら教育しねえとな。

ムカつきながらも、再びよろず屋を目指して歩き始める。古びた平屋が何棟も建っていることに気がついた。猿舎が並んでやがる。

右側前方に二台の自動販売機と小さなガソリンスタンドが見える。閑散としている
が、ここが島のメインストリートかもしれねえ。

左前方には、民家にしてはガラスの引き戸がやけに大きい、朽ちかけた平屋が建っ
ていた。

よろず屋だな。近づいていくと「天照屋」の看板が出ていた。

Tシャツに腹巻きをしている老年の男が表へ出てくると、手にした雑巾で大雑把に
ガラス戸を拭いていく。開店準備だろう。

「よう」

歩み寄り、声を掛けた。

「なんだ？　見ない顔だな」

中腰で見上げてくる相手の頭には、糸くずのような産毛しか生えていない。

「店主の桑原だな？　話を聞きたい」

「いがないなー。店を開ける準備があんじぇ」

IDを取り出し、生え際のない額に近づける。

「そんなもん、じじゃあ意味はねえ」

意に介する素振りを見せず、桑原は再びガラス戸を拭き始めやがった。

「じゃあ、これを見ろ。気が変わるはずだ」

こんなしょぼいジイさんを、締め上げても楽しくねえ。スマホを取り出して、相手の顔に近づける。やつの写真を撮っておいて正解だった。

桑原はわなわなと震え出した。

「——喜朗《よしろう》じゃねえか。なーしたんだ、一体」

「赴任したばかりの俺が留守の間に、交番に忍び込んでいやがった。だから、勾留している」

「あいつ、交番へおっこんだのか。そいだって、こんな格好で縛らなくても——」

「お前らの頭は、お花畑か？　咎《とが》めるなら、あいつの方だろう。島民には、警察のルールに従ってもらう」

「そいだって、こっちには天乃家がいる」

「過去の話だ。今後は、俺を蔑《ないがし》ろにすることは許さねえ。今までの駐在のことは、一切関係ねえ。俺は厳しく対処する」

桑原の吹けば飛ぶような産毛の隙間に、ぽつぽつと汗の雫が生じている。

「われ、神々への面通しは済んでるのか？」

「朝の集会で、柚介と遊太とは言葉を交わした。ほかは、これからだ」

桑原は視線を泳がせた。

「ジイさん、心配することはねえよ。新しく赴任した駐在として、話を聞かせてもらいたいだけだ。この島のことを、ざっと教えてくれ。それだけだ」

観念したように桑原が引き戸を開ける。老いた馬がいななくような、不快な音が響いた。

一歩中へ足を踏み入れると、外観からの予想を一切裏切らない雰囲気が漂っていた。横に長い十五畳ほどの店内には木製のラックが並べられていて、トイレットペーパーや缶詰、即席麺のパッケージなどが陳列されている。

アイスクリームの冷凍ケースも置かれていたが、中身はスカスカだった。本土からの定期船による物資はすべてここに集まるわけではなく、注文した個人各々にも届けられているのだろう。

レジ横の段差になっているところに、桑原が腰掛けた。

近くにあった丸椅子を手繰り寄せ、相手の右斜め前に座る。

「ここは、特殊な島のようだな？」

「神話の舞台にもなっている。島民はみな、しきたりに則《のっと》って、古来の暮らしを続けてる」

桑原の様子は誇らしげだった。

「なるほどな。確かに辺鄙《へんぴ》な島だが、天乃家のやつらがいるエリアはやけに開けていたな。あの神社のような建物は、やつらの家か？」

「神々の屋敷だ。この島は、大きく分けると三つの区域に分かれてる」

「ひとつは想像がつく。あの広場と、屋敷があるエリアが、やつらの縄張りか」

「ああ。交番を含む、島の東側だ。太陽神籬で毎朝の祭祀を行うし、温泉や宿泊施設もあって、内地からの観光客を受け入れてる」

「あとのふたつは？」

「おいげがある、この区域が、人民の土地だ。船着き場のあたりからの、西側の区域だ」

いちいち突っ込まなかったが、てめえらのことを人民と呼ぶセンスの悪さに呆《あき》れ果てる。

「平屋が沢山建っていたから、多くの島民がこのエリアに住んでいることは分かってた。それで、残りのエリアはなんだ？」

「南側の区域には、農民がいる。大神田《だいしんでん》じゃ」

「神田？　貢ぎ物の米を作ってんのか？」

「ああ。昔は、島民全員分の米を作っとった。けど今じゃあ、米など内地からいくらでも買える。そんだから、田んぼは天乃家へ納める分しかねえ。毎年の抜穂祭《ぬいぼさい》は、変わらず続いとる」

全国各地で行われてる、秋の新嘗祭《にいなめ》のことだろう。

「南側の大神田には、椿が密集している。今では、ほぼ椿畑だ。搾油所があって、椿油の製造販売をしている」

「こんなしょぼい島に産業があるなんて、驚きだな」

搾油所まであるとは予想外だった。

「天照島ブランドの椿油は、内地では人気があるようだ。商標は神々が持っておる。観光と並ぶ、この島の大きな現金収入のひとつだ」

「島民が働いてるのか？」

「ここは年寄りが多いからな。今じゃあ外人ばかりじゃよ。しきたりやマナーの面からも、そりゃあ日本人の方がいいが、誰もこんな島では働きたくないだろう」

思わず笑い出してしまう。桑原は本土の状況を全く知らないようだ。

「そんなことはねえ。お前らが言う内地でも、状況は似たようなもんだ」

「ほんに？」

「そうだ。外国人労働者は増え続けているし、日本人も荒《すさ》んでいる。買い物に行っても、にこやかに挨拶する店員の方が少ない」

レジ自体も無人化が進み、労働現場から人がいなくなっている。

「へえ。そんなもんかのう」

興味なさそうに桑原が答えた。実際のところ、島以外の世界については関心がないのだろう。

「本土の情報は、どうやって得ている？」

「新聞は、定期船で運ばれたものを、ここでも少しだけ置いてる。けど、あんまり売れん。テレビは、おいげと、ほかには数えるほどしか持ってねえ」

「まあ、スマホがありゃあ十分か」

「そんなもん、誰も持ってねえだろう」

「ウケるぜ。マジで、孤島だな」

「島のもんは、内地のことにはさほど興味がねえんだ」

現状に、桑原は全く不満を抱いていないように見えた。

「病院はあるのか？」

「昔はあったが、今はねえ」

素っ気ない返答から、猿どもにはインフラの概念が希薄であることが分かる。

「具合が悪くなったら、どうする？　まじないで治すのか？」

「みんな、医者にかからぬよう、気を付けとる。どの家にも救急セットがあるし、大変な時は大島まで行けばいい」

「観光産業は盛んなのか？　大したところはなさそうだが」

「われの言う通り、それほどでもない。本格的に観光客を受け入れるようになったのは、十年と少し前からじゃよ」

意外に歴史は短かった。

「ある時期から、内地でこの島を世界遺産とかいうもんに推す声が出てくるようになった。だけれど、暮らしを荒らされることを懸念した島民が反対して、取りやめになった。代わりに、一定数の観光客を受け入れるようになった。もっとも、たかが知れてるがな」

「それで、中心が火山か。活火山らしいな」

「大神山は、ただの火山じゃない。この島のご神体じゃ。縄文時代から崇められていて、周囲には多くの遺跡も残っている。島の中心部に立ち入ることは、禁じられている」

ご神体？　下らねえ。立ち入り禁止なら、ぜひとも行ってやらねえとな。

「農民以外はなにをしている？　自給自足か？」

「ああ。全員、庭や小さな畑を持ってるから、基本的に食うには困らない。素潜りやなんかで、魚介を獲《と》るもんもおる。それに、ことあるごとに神々が、祝い金を配ってくださる。それが、いい小遣い銭になる」

「なるほどな。お前らがどうして警察や法律を無視できるのか、大体分かってきたよ」

ままごとの世界だな。

「ここは最高の島じゃ。神々のおかげで気楽に暮らせる。内地から無視され、切り離されているから、独自の暮らしを続けられる」

だからこそ、輪を乱すよそ者は排除しようとするんだな。

話の途中で、ある光景を思い出す。

「ここへ船で来た時、変な出来事に遭遇したぞ。島から泳いで逃げてきた様子の女が、男にとっ捕まっていた。あれは、どういうことだ？」

「さあな。わしはなにも――」

言葉を濁すと、桑原が下を向いた。

急に心を閉ざしやがったが、無理な追及はしない。今日のところは十分だ。

何とはなしに海岸線の通りを南下していると、岩場で佇むセグロカモメの群れが目に入る。島民と同じく気ままに独自の暮らしを満喫しているのか、どいつもこいつも本土で見るより丸々しているように映った。

徐々に通りが狭くなっていき、気付けば椿の木々以外、なにも見えなくなる。

そのまま進んでいくと、十数メートル先の右側に掘っ立て小屋のような建物を認めた。搾油所に違いなかった。

中から五人の男女が出てきた。

全員肌が浅黒く、日本人でないことが窺《うかが》える。五人の姿はすぐに見えなくなった。

桑原から聞いた通りだと考えながら、通り過ぎざまに窓から搾油所の中を覗き込んだ。が、誰もいねえ。

交番まで戻ろうとすると、ふいに左の茂みの中から男が現れた。外国人ではなく、生粋の島民に見えた。三十代か四十代で、背丈は小柄な俺より少し高い位——引き締まった体つきで、壮健そのものだ。

「われは、ほんに、喜朗のあにーを拷問しとるんか？」

聞きなれない島言葉でも、おおよその意味はつかめた。

桑原から広まったことが、容易に想像できる。怒りは湧かなかった。あいつは、島の情報源の一人としてキープしておこう。

「どうなんだ？　ほんに、拉致してるのか？」

「そうかもな」

「あいや。どうりで、畑に出てこんわけだ」

相手が距離を詰めてくる。

「うんらおまわりが、そんなことしていいと思っとんのか。じの人間を、軽く見んじゃねえぞ」

「黙れ山猿。あの男が交番に侵入したから、罰したんだ」

「そんだからって――」

声を荒らげながら相手が言葉を続けようとした時、後ろから首元に太い二の腕が巻き付いてきた。目に見えぬもう一人は右手に小三徳《しょうさんとく》のような刃物を持ち、俺の鼻先に切っ先を向けている。

「たびもんのくせに、でかい顔をするんじゃねえ。このまま、海に放り捨ててやろうか」

背後から低い声が聞こえてくる。体臭がきつかった。腕の長さや、声が聞こえてくる感じから判断して、身長は百七十五センチ前後だろう。

情けねえ。

長期の入院により、ハードな訓練と現場から遠のいていた。そのせいで、いとも簡単にバックを取られちまった。

ここからスイッチを入れる。容赦はしねえ。

「あぶねえから、得物を仕舞ってくれねえか」

声を掛けながらゆっくりと、背中と尻を密着させていった。

ゼロ距離になった瞬間に、攻撃に取り掛かった。相手の右腕の肘を上から右手でつかみ、左手を逆手にして下から相手の右手首を握る。

そのまま腰を落とし、跳躍するように前方へぶん投げた。あえて両手を放さず、着地する際に全体重を乗せてやった。

耳元に、相手の口から空気が漏れ出る音が響く。

男の腹の上で向きを変え、馬乗りになって見下ろした。身長は、ほぼ推定通り。百キロ近くあるようなデブで、肌着のようなタンクトップ姿だった。もう、その手に刃物は見当たらない。

「この、豚。背後から襲うなんて、舐めた真似しやがって」

男は額と眉間に皺を寄せ、苦しそうに喘《あえ》いでいる。それでも、俺に対する非礼を償うには物足りなかった。

左膝を柔らかい腹の上に乗せ、右の前腕を喉元に押し付けた。

無様に顔をしかめながら、まるでなにかを拒むかのように、相手は顔を左右に振り続けている。

朝飯なのか、口から黄色い雑炊のような半液体がとめどなく流れてくる。一気に酸味が強い悪臭に包まれたが、血に飢えている俺には前菜のスープにすらならなかった。

立ち上がり、最初に茂みから出てきた男の方へ視線を向ける。

「どうする？　こいつみたいに、酢豚になるか？」

「のりちょーすんじゃねえ」

三メートルほど先に立つ男は、震えながら尻のポケットへ手を伸ばすと、同じように刃物を向けてくる。

いいぜ、いいぜ。ぞくぞくするぜ――

面倒だったので、特殊警棒などが入った帯革一式は交番の二階に放ったままになっていた。防刃ベストも同じだ。次からは装着した方がよさそうだと考えたが、後悔はない。それよりも、久々の格闘に血が滾《たぎ》っていた。たとえ、しょぼい相手でも。

「ひらきにしちゃる」

目をぎらつかせた男は、荒い呼吸を繰り返しながら、中腰になっていた。

刃物に対する最大の対処法は、こちらも武器を持つことだった。その点でも距離を保てる特殊警棒は優れものだが、まあいい。

相手は得物を手にしているが、防具はつけていないため、容易《たやす》い。ガチガチに緊張していることが手に取るように分かる。

「おい、カス。落ち着けよ」

両手をスラックスのポケットに突っ込み、口元を緩ませて余裕を見せながら、ゆっくりと近づいていった。

「やっちゃるぞ」

顔面を狙って突いてきた相手の攻撃を二回、頭を左右に振ってよけた。いいぜ。反射神経と動体視力は問題ない。

「無礼もんが。まだまだいぐぞ」

今度は切りつけようとして、男は大きく右手を振りかざした。

実戦の勘を少しでも取り戻すために、ウォーミングアップを兼ねて、少しの間遊んでやるつもりだった。

踏み込んできた相手の右足、膝の少し内側を、両手をポケットに突っこんだまま腰を引き、右足で踏みつけるように蹴ってやる。

男はバランスを崩し、よろめきながら後退する。それでも刃物を握ったまま、両手を両膝にのせ、耐えていた。立っていられないほどの痛みがあるはずだが、見かけよりも根性がある。

目を血走らせながら、男は荒い呼吸を繰り返していた。

「終わりにするか？　連《つ》れと一緒に、晩飯のとんかつにしてやるよ」

しばらく呼吸を整えていた男が、再び戦闘態勢を取った。じりじりとすり足で近づいてくる。

「おら」

次の一手は、外から内へ薙《な》ぐような攻撃だった。

左手で上段受けのようにしてブロックすると、右の裏拳を相手の鼻筋に叩き込んだ。

「ハッハー、がら空きだぞ」

男は刃物を放し、両手で顔を押さえ、倒れ込む。

刃物を持つ者は、相手が素手だと攻撃に夢中になり、防御に注意が向かなくなる。

「まだ寝かせねえぞ。よい子の寝る時間じゃねえ」

腹の虫が収まらなかった。後ろから左手で短い頭髪を、右手で右腰のベルトをつかみ、無理やり立たせた。それから、左手はそのままで、右手を股の下へ通し、ベルトのバックルを握った。

左手で相手の後頭部を押しながら、右手のバックルを思い切りこちら側へ引っ張ってやった。男の脳が震盪《しんとう》し、左掌に心地よいバイブレーションが伝わってくる。

顔面から地面へ叩きつけられた相手は、うつぶせのまま吐き続けた。帯落とし、という軍隊格闘術の技だった。

「島の奇祭、げろ祭りの始まりだぜ」

一旦早足で搾油所のところまで戻り、転がっていた麻縄の束を手にして戻ってきた。うつ伏せの男の手を取って引っ張っていき、デブの男と背中合わせになるように座らせた。

「午前九時五十七分、お前ら二人を勾留する。嫌疑は、銃刀法違反並びに公務執行妨害。交番まで連行するのは面倒なため、この場で縛り上げることにする」

硬い麻縄で、何重にも縛り上げてやる。

「なるべく早く島民に発見されるよう、神に祈れ。ハッハー」

北東方面へ進んでいくと、数十メートル前方に円形に立つ木柱が見えてきた。このエリアは一通り見ているので、このまま交番へ戻っても新たな発見は少ないだろう。

立ち止まり、左手を見上げた。茂みの中から大神山の黒い山頂が辛うじて顔を覗かせている。

中心部を探ってみるか——

遺跡が密集する立ち入り禁止地域だと聞いていたが、禁忌なんか関係ねえ。リーフレットで確認した限り、大神山の麓に広がる遺跡はかなり広そうだった。短時間ですべてを調べることは不可能だろうが、手始めに雰囲気だけでも味わっておこうと思い立った。

数分間、椿の木々の間を歩き続けたが、どこまで行っても茂みが途切れる様子は感じられない。進行を咎めるかのように、刺々《とげとげ》しい葉が頬や腕を擦ってくるので、不快だった。

足元には、鮮やかな緑や、変色して赤黒くなった、無数の椿の実が落ちている。大きさは、直径五センチ前後。緑の実をひとつ、腰を屈《かが》めて拾ってみた。たったこれだけの動作でも、小枝が密集しているため非常にやりにくい。

厄介な作業だから、出稼ぎのやつらにやらせているんだな。

再び中心部を目指した。

「ようやく抜けたか」

見晴らしがよくなったことに安堵し、言葉が出てしまう。少なくとも、十五分以上は歩き続けたはずだ。

目の前の風景は変わっている。

五メートルほど先の一帯には、大神山の山頂へ続くと思われる傾斜が確認できる。椿以外の木々が立ち並ぶ様子も見えたが、麓の様子が特徴的だ。横幅二メートル前後の大きな岩が不規則に並んでいて、侵入を拒むかのように鎮座している。それらの正確な数は予想がつかず、傾斜している土地にもいくつか散見できた。

巨岩は大神山の麓を囲うように置かれているのだろうと考えながら、前方へ歩いていった。

麓まで到達すると、右手でひんやりとした岩肌を撫でながら北の方向へ進み、ひとつずつ目を配っていく。

みっつ目の黒っぽい岩を見下ろし、目を疑った。見間違えかと思い直し、中腰になって、改めて目を凝らした。

やはり、間違いなかった。岩肌の一部に、円や半円と直線を掛け合わせたような、不思議な模様が無数に刻まれている。象形文字か、あるいは単なるマークなのか。この島がなんらかの神秘を有していることは、認めざるを得ない。

名残惜しかったが、黒っぽい岩をやり過ごし、左手奥の斜面の方へと足を踏み入れた。

傾斜が始まる手前の地点で、しゃがみ込んだ。

おもしろいものが出てこねえか――

ガキの頃、近くの埋蔵文化センターへ展示物を見に行ったことを思い出した。

微かな期待を胸に、両手で真下の土を掘り始めた。すると、十センチも掘り進めないうちに出土品を見つける。

「ちっ、鏃《やじり》かよ」

至る土地で産出され、珍しくもなんともない。黒光りする小さなV字を後ろへ放ると、再び両手を使って掘り進めた。

「やったぜ。こいつはすげえ」

ほどなくして、上物が出土した。厚さ一センチ、幅三センチほどの握り飯のような形の石で、中央に一センチを超える大きな穴が穿《うが》たれていた。こいつは、垂玉《たれだま》に違いねえ。

右手の人差し指と親指で慎重につまみ、立ち上がって日の光にかざしてみた。光が透過し、全体が薄紫色に輝いている。

「ラベンダー翡翠か。ハッハー。小さいが、宝を手に入れたぜ」

非常に満足した。

「おい、駐在」

不意に、右の方から怒鳴り声が響いてくる。

なくさぬよう小さな宝をポケットに仕舞うと、刻印のある岩の近くまで戻った。

「お前、なにしてるんだ？」

遊太が近づいて来る。相変わらず目の焦点が合っていない。

「怒るなよ。島の見学をしていただけだ」

「大神山の近くは、天乃家以外立ち入り禁止だ。ばちがあたんど」

「マジで言ってんのか？」

「奥に入ると、ほんに異形《いぎょう》が出る。人じゃねえ。悪霊だ」

思わず吹き出してしまった。

「われ、俺のことを笑ったな――」

両眉を吊《つ》り上げた遊太が腰を屈めた。近くにあった横幅五十センチを超える石を持ち上げると、軽々とリフトアップしてみせる。

桁外れの怪力に、素直に感心した。三、四十キロはあるはずだ。

「俺は、タヂカラオの生まれ変わりだぞ」

「分かった。興奮すんなって」

相手を刺激しないよう距離を取り、交番を目指して歩き始めた。

今、あいつとやり合うことはまずい。

本能が警告していた。一刻も早く体力を回復するべきだと、自らに言い聞かせる。

しばらく捕虜は勾留しておく予定だったが、これ以上面倒なことにならねえように、今日のうちに解放してやろう。

＊

一向に日が差さない曇天《どんてん》のような、重苦しい極秘会議が続いている。

「中田は連絡を絶っているが、島の内通者からの報告は逐一受けている。それによると——」

ようやくといった感じで、初回の会議が終了する。

現地からの報告では、中田は早くも地元の人間と暴力沙汰を起こしているようで、恨みを買っているという。この点においては、谷垣を含め上層部の全員が予想していた通りとなった。

「特殊班係長」

不意に、背後から野太い声で呼びかけられた。

足を止めて振り返ると、警備部第六機動隊、指揮班班長である、川村年雄《としお》が立っていた。三十代後半で、階級は谷垣と同じ警部。制服姿で、盛り上がる筋肉の厚みは他を圧倒している。

日本刷新党のテロ事件には、谷垣が率いる特殊班とともに、特殊部隊を指揮する川村も臨場した。先日、中田が転勤を命じられた際も、川村は直属の上司として立ち会った。

「失礼ですが、謹慎が続いているはずでは？」

川村には裏側についてなにひとつ知らせていなかった。秀でた技術を有しているが、通常の現場においても特殊部隊はあくまでも実行部隊に過ぎなかった。方針を決め、その場の者たちに指示を出す特殊班とは違う。

「――少し、用事があってな」

気まずさを覚えながら、谷垣は口にする。

「少しだけ、話をさせてください。あの場ではあいつをたしなめましたが、実のところ、私も腑《ふ》に落ちません」

川村が真摯《しんし》な視線を向けてきた。

「どういうことだ？」

「曲がりなりにもあの男は、特殊部隊員です。問題はありますが、非常に優秀です。これまでいくつもの難しい現場に臨場し、貢献してきました。もしも、過剰な発砲や素行の悪さを罰するのなら、あなたと同じ謹慎か、厳しい場合は降格にするのが筋ではないでしょうか？」

川村の言うことは正論だった。

なにか口にするとぼろが出る気がして、谷垣は口をつぐんでいた。

「やはり、いきなり離島へ左遷するのは、変です。あくまでも、特殊部隊の中でけりをつけるべきです」

「悪いが、私には分からない。我々の人事を決めるのは、上層部だ」

「あいつは、うまくやっているのでしょうか？」

「分からない。では、これで失礼する」

後味の悪さを噛みしめながら、谷垣は背を向け、歩き出した。

日本刷新党のテロ事件の現場で正対した、黒頭巾から覗く中田の凶暴な目つきが、どうしても脳裏に浮かんでしまう。あらゆる理由から、谷垣は中田に対する強い怨嗟の念を打ち消すことは出来なかった。

だからといって、陰謀の罠《わな》に陥れることが許されるのだろうか。

ホテルへ戻る途中、谷垣は久し振りに自宅のマンションを訪れた。

「あなた——どうしたの、こんな時間に？」

玄関ドアが開き、谷垣は妻の美樹《みき》の顔を目にした。大分やつれていた。

「ちょっとな。奈菜《なな》はどうしてる？」

谷垣にとって、十歳の娘のことがなによりも気がかりだった。

「もう少しで帰ってくるわ。それより、謹慎は解けたの？　いつから仕事に復帰するの？」

「まだだ。でも、特別な任務を与えられた。それが済めば、元の仕事へ戻れる」

一気に美樹の表情が明るくなった。

「よかった。近所の奥さんに、最近旦那さん見ないけどどうしたのって聞かれたり、奈菜からどうしてパパは帰ってこないのって聞かれたりするたびに、私、気がおかしくなりそうだった。万が一、あなたが警察を辞めて、無職になったりしたら——」

美樹は涙を湛《たた》え、目を落とした。

「大丈夫だ。そんなことにはならない」

歩み寄ると、谷垣は両手でそっと肩を抱いた。

腹を決めて、やらなければ駄目だ。

いつまでもくすぶっているわけにはいかないのだと、谷垣は己に言い聞かせた。謹慎期間中に警察を辞めることも真剣に考えたが、無理だった。ほかの生き方をいくつもシミュレーションしてみたが、自分を生かす現場は警察にしかない。

家族のことを考えても、この状態のまま離れているわけにはいかなかった。早く通常勤務に復帰し、妻を安心させ、再び三人で平穏な日々を送りたかった。

そのためには、やはりイレギュラーな任務を遂行しなければならない。

＊

いつもと違った夜だった。

普段なら静かな午後九時過ぎ、交番の中へ微かな声が響いてきた。歓声というか、奇声というか、馬鹿騒ぎの声に聞こえた。都会の繁華街の夜なら、常に酔ったドブネズミどもが騒いでいるから、珍しくもなんともない。けれど、この島の夜には似つかわしくない音量だった。

声が響いてくるのは天乃家のエリアからだった。

左手の郵便局を通り過ぎると、右手に一階建てのコテージのような宿泊施設が建ち並んでいる。いつもは真っ暗だが、煌々《こうこう》と明かりが灯《とも》っている。

手前の広場に、観光客と思われる八人の男たちがいた。大声でわめきながらバーベキューをしてやがる。

「おっ、ゲストが来たぞ」

島の男が、奥の方から同じ人数の女を引き連れてきた。一人の若い女が目に付いた。金髪で、初日に海で溺れそうになっていた間抜けに間違いなかった。あとは比較的年齢が高く、服装も洗練されていないため、地元の人間だと分かる。

それぞれ缶ビールを手にした女どもも加わり、宴《うたげ》は益々《ますます》盛り上がりを見せていた。宴会コンパニオンといったところか。観光客もろとも、歯牙《しが》にもかけない。出張《でば》ってきて損したぜ。

翌朝、草のにおいで目が覚めた。開け放している窓からのものなのか、珍しく見た夢の中のキリングヴィレッジのものなのか、瞬時には判別できない。

オーストラリアの広大な草原の中——特別訓練施設で、SAT時代の俺は川村とチームを組み、敵兵と対峙《たいじ》した。実弾こそ使用されなかったものの、徒手格闘でのあらゆる戦術と、刃物の使用は許される、ガチのサバイバルゲームが展開された。

油断した俺は、馬乗りになって右腕をきめていた男の、左手のナイフにより、下から睾丸を切り裂かれた。気を失いそうになったが、すんでのところを川村に救出された。

川村は背後から相手を絞め落とした。アンプルを注射し、痛みが和らいだ俺も、怒りに任せて死体を殴り続けた。

こうして、俺たちは血の絆《きずな》を深めた。

けれど、今のあいつは裏切り者にすぎねえ——谷垣と同様、あいつにも痛い目を見せてやらねえと。

そのためにも、仕上がった体が必要だった。

上体を起こし、腕時計を確認する。五時半を少し過ぎていた。

スラックスとシャツに着替え、一階へ下りた。

今日も朝の集会を覗いてみるつもりだった。が、時間が早すぎた。なので、ゆっくり朝飯を食う時間があった。

一階の奥には小さな台所がある。前任者のものだろう、米のストックが何袋かあった。基本的な調味料や、一通りの調理器具も置かれている。昨日の夜に米を二合炊き、炊飯器の中には残りがあった。小さな冷蔵庫の中には、封がされたままのパックの漬物がふたつ。中身はただのキュウリだ。あとひとつ、柴漬《しばづ》けもあったが、昨日の夜に食ってしまった。

今朝も漬物に米だけでは味気なく、なにより栄養が足りない。しかし、本土に食料を依頼したり、よろず屋の開店を待って買い出しに行ったりする必要はないはずだ。

確信を持って、裏庭へ回った。

「ハッハー。あったぜ――」

右側の一角に進み、改めて確認する。高さ三十センチほどの、特徴的な姿をした植物が群生していた。鮮やかな緑の茎からは、同じ色の細い枝が万歳をするように上向きに伸びていた。

ホーステイルだ。こいつの和名はスギナで、雑草と見られているが、スーパーフードだ。ケイ素を多く含み、中でもカルシウムの含有量は、ほうれん草の百五十倍ほどもあった。煮ても、炒《いた》めても、衣をつけて揚げても、乾燥させて茶にしてもいい。スギナの一帯の少し左側には、カズザキヨモギも密集していた。いわゆるヨモギで、草餅や、天ぷらや、和え物などにして、普通に食われているあれだ。

特殊部隊員にとって、サバイブするために一定の野草の知識はマストだった。日本は野草天国だ。味さえ無視すれば、飢え死にすることなど決してない。正面奥の一角には、ニラのような細い草が密集していた。腰を屈めて嗅いでみると、においもニラのようだった。けれど、ニラじゃねえ。こいつはノビルで、もちろん食える。

「裏庭自体が食糧庫だぜ」

トレーニングに使えそうなでかい石も、ごろごろしていた。若い頃から愛用しているイヴァンコのダンベルを一個だけ持ってきていたが、必要なさそうだった。

まずは、スギナから引っこ抜いていく。それぞれの野草を持てるだけ手にすると、台所へ向かった。ここにいる間は、米以外の食料を買う必要はないだろう。俺はグルメじゃねえ。メシを食うのは栄養補給のためだけだ。

手際よく、雑な料理に取り掛かる。色々な意味で汚染された本土とは違うため、野草を洗う必要はない。土の付いた根の部分を切り落とすだけで十分だ。

鍋に大量の油を投入し、コンロに掛けた。泡が出てくる頃合いを見計らい、スギナとヨモギを揚げていく。小麦粉を水で溶いただけの衣に通した、天ぷらだ。

揚げ終えると、左横の火口で炒め物に取り掛かった。所々錆びついた鉄のフライパンを熱し、油を投入する。熱しすぎたため、狼煙《のろし》のような煙が立ち上った。同じく錆《さび》が目に付く包丁で真っ二つにしたノビルの束を、全部ぶち込んでやった。味付けは、目分量の醬油《しょうゆ》のみ。

盆にのせ、和室の隅に置かれた小さな卓袱台《ちゃぶだい》まで運ぶと、熱いうちに食らいつく。塩さえかけていない天ぷらだが、旨《うま》かった。スギナは嚙み応えがあり、ヨモギは定食屋のそれのようだ。

炒め物は、不味《まず》い。醬油をかけているのに、鉄や、泥のような味がする。けれど、ミネラルの補給だと考えれば気にならなかった。米と一緒に食うと、甘みで苦みが中和される。

自然を食らっているのだという、確かな実感があった。

七時十五分前に交番を出て、太陽神籬へと向かう。制帽やベストは面倒だから放ったままだったが、今日からは帯革一式だけは身に着けることにした。

広場へ近づくと、すでに百人前後の島民が集っている。

向かって左側、島民の前に立つ天乃家のメンツが、今朝は三人だった。左側の柚介、右側の遊太に挟まれて、小柄な女が立っている。白装束にベンガラ染のような赤い袴《はかま》を穿いて、髪を後ろでひとつに束ねている。

女が右手の杖《つえ》のようなものを高々と掲げた。先端には幣《ぬさ》のような生成《きな》り色の布片が無数に取り付けられていて、ひらひらと舞っている。

島民が動きを止めた。じっと女の方を見つめている。

ヒフミヨイ　マワリテメグル
オノコロノ
マヒカリ　オヒカリ　テラサレテ
アマノメグミヨ
シイタラ　サヤワ

独特の振動を伴って、女の高音が響き渡った。

ウケるぜ。こいつは、いつの時代のものだ？

祝詞《のりと》のようだったが、一度も聞いたことがない文言ばかりだった。

島民は身じろぎせず、高音の余韻に身を委ねている。

「本日は、天からの恵みがある」

現実へ引き戻すように、柚介が野太い声を発した。

島民が柚介の前に一列になる。

遊太がどこからか木の箱を携えて右横に並ぶと、柚介が手際よく、そこからポチ袋のようなものを取り出し、手渡していく。

桑原が言っていた、祝い金だな。

自給自足で暮らしを立てられ、たまに現金ももらえるこいつらがうらやましくなった。ぽつりぽつりと、島民が背を向け、広場をあとにしていく。全員、去り際に女へ向かって一礼していた。

人の波が引いていくのに合わせて、女の方へ近づいていった。

相手も、柚介と遊太から離れて、正対するように歩み寄ってくる。

「新しい駐在さんね？」

「そうだ。天乃家の長女か？」

「由依よ」

口角を上げながら答えた。

兄弟の姉貴だから、三十代の後半ぐらいか。やけに色が白く、不思議な香りを纏《まと》っていた。好意を持ったわけじゃねえ。けれど、表現しがたい吸引力がある。

「タゴリヒメの生まれ変わりってか。ハッハー」

「ええ」

小馬鹿にしながら確かめたのだが、相手は真顔だった。

「ウケるぜ。今のは祝詞か？」

「そうよ」

「聞いたことねえが、あの言葉はなんだ？」

「神代文字《じんだいもじ》の一種よ。一般には知られていない」

不意に、ある事実を思い出す。

「──どこかの古い神社に、似たような言葉が刻まれていたはずだ」

「詳しいわね。日本は本当に古い歴史を誇るのよ。文明の多くを渡来人が運んできたと勘違いされているけど、大嘘よ。私たちの文化の根底にあるものは、遥《はる》か古《いにしえ》に築かれていたのよ」

「それは俺にも理解できる。太陽遥拝《ようはい》に神棚、懐石料理に鍋料理――聖書の世界よりも、縄文時代の方が遥かに古い」

「でも本心では、私たちの習慣、暮らしぶりを、おかしいって思ってるんでしょう?」

「そんなことはねえ」

「本当に?」

「ああ。本土の方が、よほどカルトだからな」

偽らざる、本心そのものだった。

「どの政党も、バックには怪しい団体がへばりついてやがる。政策も、外国や利権団体の思惑に沿ったものばかりだ。国民の方も、妄信して、自ら奴隷のように振る舞ってやがる」

「ふふふ。分かってるじゃない。ここには、パソコンもテレビも、ホテルぐらいにしかないから。人民はスマートフォンも持っていない。だから、みんな純粋なのよ」

「余計な情報が遮断された島の方が、よほど健全かもな。けどよう、この島のやつらは規律がなってねえぞ」

由依の目を凝視する。

「ここの男は、みんなあんたに夢中のようだな。よろず屋の桑原も崇めていたし、集会での様子を見ていても分かる。気に入られようと、必死だ」

「とても光栄だわ」

「ここでの暮らしが一筋縄では行かねえと脅したかったのか、あんたから依頼を受けたのか。連日交番に忍び込んで、嫌がらせをしてきた猿がいたぞ」

「あら、大変。でも私は、そんな指示は出さない」

「その猿も、同じことを言ってたぜ。俺の態度が生意気だから、あくまでも自分の意思で犯行に及んだと。俺は、半信半疑だけどな」

　不意に由依が笑顔を見せ、小さな蛇の頭のような赤い舌先が覗いた。

「――かわいそうに。苛ついてるのね」

　距離を詰めてくると、由依は目を細め、媚《こ》びるような視線を送ってくる。

「慰めてあげようか？」

「兄弟が見てるぞ」

「大丈夫。後ろの二人には見えていない」

「どっちにしろ、俺には効かねえ」

「どうして？」

「俺は不能だ」

　えっ――由依の口から驚きが漏れた。

「昔、戦闘訓練で怪我を負った」

「そう。やっぱり、かわいそうね」

慰めか、やはり嘲笑なのか、由依は笑みをこぼした。

「いや、ラッキーだ」

「どうして？」

「一足先に、極楽へ行けた。性欲地獄に煩わされねえ、平穏な日々だ」

目を開くと、由依は半歩下がった。

「よろしくね。新しい駐在さん」

「覚えておけ。俺は、前任者とは違う。天乃家のルールには従わねえ」

「それなら、なにに従うの？　まさか、職務規定じゃないでしょう？　お巡《まわ》りさんの帽子も被っていないし」

「ハッハー。気分次第だ」

由依の目を睨みつける。

血が通っていない、蠟《ろう》のような白目だった。ふざけた女だ。人差し指を突っ込み、感触を確かめたくなる。

一旦交番へ戻ると、席に着き、日誌を開く。本日分の記入箇所すべてに、「異常なし」と書き込んでいった。どうせ、大したことは起こらねえ。

黒電話のやる気のない着信音が鳴り響く。

本庁からの定期連絡に違いないと右手を伸ばし、少しだけ受話器を上げて、即切りしてやった。向こうの本心では、島流しにした厄介者とは連絡なんて取りたくないはずだ。ピーフォンも充電切れのまま放っている。プライベートのスマホも、当然ながら本庁は着拒だ。

じっとしているのも退屈なため、パトロールという名の散歩に出た。少し、確かめたいこともあった。

交番を出て、海沿いの通りを歩いていく。

左前方によろず屋が見えてきた。

右側から男が歩いてくる。三十になるかならないかで、短い顎髭《あごひげ》を生やし、髪を後ろで束ねている。白いTシャツ姿だったが、肌着だった。袖のあるなしにかかわらず、島の男のトップスは肌着が多かった。品位に欠ける空間に身を置いていると、俺自身のセンスも悪くなりそうだ。

少しの間こっちをじろじろ見ていたが、結局なにも言わず、男は右横を通り過ぎていった。

「おい」

振り返った男は、きょとんとしている。

「新しい駐在だ」

「ああ、やっぱり。そうじゃねえかと思ったけど、帽子も、バッジも、なんもねえから」

「言うことはないか？　俺は、駐在だ。警察官だぞ」

「そいだって」

勘の悪いやつだ。

「ご苦労様、だろうが」

教えてやってから、相手の右の脛《すね》の内側に、右足で下段回し蹴りを打ち込む。哀れみの心をもって、軽く。

右肩を下にして、男が横向きに倒れた。膝を曲げて倒れてからも、両手で右の脛を抱え、のたうっている。

「ハッハー。次からは必ず、お巡りさんご苦労様、と感謝しろよ」

目を閉じて眉間に皺を寄せ、男は喘いでいた。

「次も挨拶を忘れたら、不敬罪で逮捕する」

俺は人生を謳歌《おうか》したことがねえ。災難ばかりだ。だから、他人をいたぶって楽しむ、正当な権利を有している。

苦悶《くもん》する男を残し、再び歩き始めた。

「よう」

途中、よろず屋の前で立ち止まり、満面の笑みを浮かべながらガラス戸の中へ手を振ってやった。

レジの奥に座っていた桑原は、眉根を寄せて戸惑った様子をみせながらも、小さく会釈を返してくる。

やっぱり、こいつは使えそうだ。

＊

谷垣は強い苦みを感じている。

監察官室、並びに上層部は浅岡の悪事を断定していた。が、あとになり、発端である浅岡が無実だったとしたら、取り返しがつかなくなる。自分でも最低限の調査をしなければならない。自己保身とは異なる、倫理観から湧き上がった思いだ。

浅岡はすでに退職しているとはいえ、住所は同僚のつてを辿ればすぐに分かった。家族は四人だったが、娘は二人とも結婚しており、今はいない。再就職先は外資系の保険会社だという。

午後にホテルを出た谷垣は杉並区へ向かった。これは独断であり、謹慎中の行動としては少なからぬリスクを伴う。

目的地へ到着した谷垣は、目を疑った。

グレーの御影石《みかげいし》で出来た平屋の建物は、ちょっとしたギャラリーに見えた。敷地は百平米をゆうに超えている。妻の実家が資産家である可能性もあったが、警視で退官した警察官の住宅としてはいささか立派すぎる。

いきなり本丸へ攻め入るのは時期尚早だ。周囲の住宅の人間に聞き込みを行うことにした。

谷垣は右隣のチャイムを押したが、無反応だった。改めて二回押したが、駄目だった。諦めて、左隣へ向かった。三回続けて鳴らしたが、誰も出なかった。

仕方がないと、谷垣は正面の住宅へ向かった。チャイムを押すと、一回で反応があった。インターホン越しに「どちら様ですか？」と問いかけがあった。

「警視庁の谷垣と申します。少しだけ、お話を伺いたいのですが」

少しの間をおいて、六十代に見える金縁眼鏡を掛けた女が出てきた。門柱のところまで歩いてきたが、門扉は開けなかった。

「お忙しいところ、すみません。警視庁の谷垣です」

ＩＤを開いて見せた。

「警察の人って、聞き込みの時は、二人で行動するんじゃないの？」

「時と、場合によります」

「ふーん」

舐《な》めるように、相手は谷垣のことを見回した。

「で、なんの用？」

「正面のお宅の、浅岡さんのことについてお聞きしたいのですが」

女は右手を右頬にあてた。

「やっぱり、おかしいわ」

「なぜですか？」

「浅岡さんだって、警察の人じゃない。どうして、警察が警察の人のこと、聞いてくんのよ？」

「事情が、あります」

「あなた、なんだか怪しい。悪いけど、私はこれで失礼します」

女は背を向け、玄関口へと戻っていった。

溜息《ためいき》を吐《つ》いた谷垣は、今度は裏手へと回る。チャイムを数回押すも、裏口正面の住宅から返事はなかった。右隣を訪ねるも、誰もいないようだった。

次は、裏口正面の左隣の住宅だった。真っ赤な屋根が印象的で、一回目のチャイムで反応があった。

「どちら様でしょうか？」

「失礼します。警視庁の谷垣と言います。ご近所の浅岡さんについて、少しだけお話を伺いたいのですが」

「分かりました。どうぞ玄関まで進んでください」

先ほどのことがあったために、谷垣は却《かえ》って足が進まなかった。しかし、せっかくのチャンスなのだと思い直し、玄関前に向かった。

「言い難《にく》いけどね、いつかあの人、なにかしでかすと思ったのよ」

生気のない小さなチワワを抱いた五十代に見える婦人が、声を潜めながら玄関口で告げた。ベージュのカットソーを着ていたせいで、飼い犬の体と同化していた。

「今話題の、あれでしょう？」

意味が分からず、谷垣は困惑する。

「カルトよ。宗教。親和連《しんわれん》のことでしょう？」

意外な単語に、谷垣は驚きを禁じ得なかった。

「以前から私、あの人のこと、警察に相談しようかとも考えていたの。でもあの人も警察だから、うやむやにされるんじゃないかって、躊躇してたのよ」

親和連とは、世界親和連帯《せかいしんわれんたい》という、朝鮮半島に由来する宗教団体の略称だった。信者数は五十万人を超えると言われている。世間では、聖書を捻《ね》じ曲げて解釈しているカルト教団だと認識されていた。信者にあれこれ理由をつけては、法外な金額の布施や、経典やお堂などの購入を強要し、社会問題になっていた。

　親和連は政治への野心が強い。昔から与党である自国国民党《じこくこくみん》へ、多額の寄付、応援の動員などの選挙協力を行い、影響力を強めていた。最近になり、自国党の国会議員と親和連との深い関係が改めてクローズアップされ、世間から非難を浴びていた。

「浅岡さんと親和連に、なにか関係があるのでしょうか？」

「あるわよ。あの人定期的に、信者になれ、寄付してくれって、ずっと前から近所を回ってるのよ。全く、いい迷惑だわ」

　すぐに返事が出来なかった。朧《おぼろ》な記憶の中の暴対課長と、親和連とが、谷垣の中では結びつかなかった。

「職場の人には隠してたのかしら。いいわ。証拠見せてあげる。ちょっと、待っててくださいね」

　チワワを抱いたまま、婦人が奥へ消えた。

　五分も経たないうちに、雑誌を右手に持ち、戻ってきた。

「この昔の雑誌、見てみて。親和平和っていう、やつらの会報誌よ。かなり昔のだけど、ばっちりあの人の写真が載ってるから」

「拝見いたします」

　相手の右手から雑誌を受け取ると、谷垣は視線を向けた。

浅岡だ。間違いない――

骨ばったガマガエルのような特徴的な相貌《そうぼう》は、間違いようがなかった。勤務中と同じようなダークスーツを着て、胸には紙バラをつけている。笑顔でマイクの前に立ち、演説しているようだった。

タイトルは、大いなる感謝を我らがスターママに捧げる、というものだった。今は亡き教祖の、妻を指す言葉のようだ。十年以上も前の記事だった。

待て。

谷垣は目を細め、気になる人物を確認した。浅岡の背後右側で拍手をしている男が、どうにも引っ掛かった。

「すみません、この雑誌、お借りできませんか？　近くのコンビニで記事をコピーしてから、すぐにお返ししますので」

「あら、いいわよ。差し上げますわ。だって、読むことありませんから。あの人がうちを訪問した時に、いつも強引に置いていくだけですから」

谷垣は頭を下げ、厚意を受け取った。

＊

十数メートル前方の右側に、搾油所が見えてきた。この前は気付かなかったが、椿の茂みに覆われるようにして、背後には四棟のプレハブが建っている。農民どもの宿舎に違いなかった。

案の定、プレハブから十人前後のアジア人の男女が出てきて、左の茂みの中へと消えていく。全員頭陀袋《ずだ》をたすきがけにしていて、高所で作業するためだろう、伸縮梯子《はしご》を抱えている者もいた。

今日は、事情聴取ができそうだ。

搾油所から、男、男、女の三人組が出てきて、茂みの方へ歩いていった。みな、俺と同年代に見えた。

「そこの三人、止まれ」

歩く速度を上げながら、前方へ声を発した。

一瞬、三人が立ち止まり、こっちを見る。が、信じられねえことに、先頭の男が再び歩き出し、残りの二人も従った。

舐めやがって。

「止まれ馬鹿」

腹の底から怒鳴り、急いで駆け寄る。

再び立ち止まった三人が、険しい顔を向けてくる。

「新しい駐在だ。分かるな。ポリスオフィサーだ。俺の警告を無視するんじゃない。分かったか？」

三人は黙ったままだった。

左腰の後ろから特殊警棒を取り出すと、右手に持ち替えて伸ばした。

「出稼ぎども、きちんと横一列に並べ」

向かって右端の女から、それぞれの胸を先端で突いていく。外国人だからって、手加減しねえ。

「やめろ」

左端の男が声を荒らげた。

「逆らえば、検挙する。分かるな？　逮捕だぞ」

探るような目つきで、三人が顔を向けてきた。

「お前ら、どこの国から来たんだ？」

「全員、ベトナムです」

真ん中の男が答える。

「やっぱり、そうか」

日本で働く外国人の総数が、約百八十二万人——ベトナム人の数は四十六万人を超えているはずだ。体感としては中国が最も幅を利かせているように思うが、実際には外国人労働者のトップはベトナム人となっている。ベトナム人による犯罪の面では、窃盗と、特別法犯としての入管法違反が右肩上がりに増えている。

「職務質問だ。人定《じんてい》を開始する。お前から、名前と年齢を言え」

特殊警棒を女の顔に向けた。

「面倒なので、今回は在留カードの提示は免除してやる。ただし、留学生なのか、技能実習生なのか、身分も言えよ。実習生の場合、番号も忘れるな」

「私は、ウー ジェク ハインです。三十二歳です。二号です」

黒縁眼鏡を掛けた、丸顔だった。体もふくよかで、身長は百五十センチ台の後半。

「ハッハー。二号って、女が言うと愛人みてえだ」

潔癖なのか、ウーは眉根を寄せ、視線を外した。

「そんな顔すんな。分かってるよ。ブスなお前に愛人なんてやれるわけねえ。それより、始めからここへ来たわけじゃないよな。元はなんの仕事をしていた？」

「——看護師です。資格を取って、日本へ来ました」

確かに、どこか慈悲深そうな目の前の女には、献身的な仕事が向いている気がした。

事情があって、こいつも島流しにされたんだろう。

「よし、次」

真ん中の男の顔に、特殊警棒を向けた。

「僕は、グエンヴァンナムです。二十六歳です。留学生です」

いかにも人が良さそうな顔つきだった。男どもの身長は、百七十センチ前後か。

「なにを学んでいた?」

「ベトナムでは、情報工科大学に通っていました。コンピューターエンジニアになるつもりで、技術を磨くため日本に来ました」

「エンジニアが、このざまかよ。どうしてこうなった?」

「あの感染症で、帰りたくても帰れなくなりました。本土のバイトもなくなって、学費も払えなくなり、仕方なくここへ来ることになったんです」

「バイト扱いで、こんなところまで飛ばされたのか。悲惨だな。ウケるぜ」

グエンが太い両眉を吊り上げる。

「日本人は、想像していたよりもはるかに冷たかった。でもあなたは、今までで一番酷い人です――警察官なのに」

「調べないでやって来た、お前が悪い。リサーチ不足だ。大分前から、日本はGDP成長率がワーストクラスだ。庶民の暮らしもギスギスしている。さらに、今は円安だ。

「未来はない」

悲しそうに俯《うつむ》くグエンを見て、気分がよくなってきた。向こうで真面目に生きてきて、希望を胸に来日し、まさかこんな島に流れ着くことになるとは思いもよらなかったはずだ。

馬鹿が。ベトナムで楽しく暮らしていりゃあよかったのに。

「最後、お前だ」

特殊警棒を左側に立つ男の顔へ向けた。

四白眼《しはくがん》の小さな目は離れていて、眉との間が広い。額は広く、どことなく凶相に思えた。

「ホアン ターバン。二十九」

こいつだけは、二人とは雰囲気が違った。世間に対する不貞腐《ふてくさ》れた闘争心が、全身から醸し出されていた。

間違いねえ。筋金入りの犯罪者だ。

同じく暴力を厭《いと》わない人間でも、兵士とは明らかに違った。戦闘経験者は、もっと冷静で、過剰な自意識を漏らしはしない。

「身分は？」

「三号」

「お前が三号だって？　信じられねえ」

技能実習生は、それぞれ必要条件を満たした上で一、二、三号の順番で資格が移行し、在留期間が定められている。

「お前の面《つら》は、半端者にしか見えねえ。どんな仕事をしていた？」

「自動車。整備だ」

「嘘くせえな。工場回って、窃盗でもしてたんじゃねえか？」

ホアンの経歴はともかく、三人とも日本語が流暢《りゅうちょう》だった。農民として働くほかのやつらも同じだろう。

もう少しホアンを詰めなければならねえと考えていたが、搾油所の方から子供の泣き声のようなものが響いてきた。

「今のはなんだ？」

三人とも何事もない顔をしている。

急いで建物の中へ入ると、中央に大きな作業台があり、右奥に搾油器らしき樽《たる》型の機械が並んでいた。

キー。

声は左奥から聞こえるが、人影はなかった。

壁際に向かうと、正体が分かった。前足、後ろ足と縛られた、立派なイノシシが転がっていた。

まさに、縄文時代だな。事情を聞くため、三人のところまで戻った。

「イノシシを捕獲したんだな。どうやった？」

ホアンが「トラップを仕掛けた」と答える。

「食うのか？」

「あれは違う。生贄《いけにえ》だ」

「なんのためだ？」

「次の祭りに使う。神々に献上する」

「天乃家にやるのか。お前らも、あの胡散《うさん》臭いやつらを崇めるのか。それにしても、捕獲が上手いな。縛り方を見ても、手慣れている」

褒めたつもりだが、ホアンは浮かない顔をしていた。

「あの、そろそろ仕事に行かないと――」

グエンが申し訳なさそうに口にする。

「そうだな。行っていいぞ。けれど、また近いうちに、話を聞かせてもらう」

去り際に獣のような目つきを向けてきたホアンを先頭に、三人が茂みの中へ消えていった。

大神田を抜けて歩いていくと、右手前の砂浜に見慣れない小舟を見つけた。ボートのような簡素な造りで、すぐ近くには五人の男が集っている。

二人の男が正座させられていて、三人が見下ろしている。その中の一人は白装束で体格がよく、すぐに柚介だと分かった。

いきなり、立っているうちの二人が正座する二人を蹴り始めた。それぞれが肩を踏むようにして相手を仰向《あおむ》けにすると、そのまま胸や腹を踏み続ける。

揉めてやがる。

テンションが上がり、スラックスのポケットから白い警笛を取り出し、咥える。鳴らし続けながら、駆け寄った。

気付いた二人がこちらを向き、暴行をやめた。

「ハッハー。おもしれえ。神が宿る島で、リンチか」

二人はなにも答えない。

目を閉じて喘ぐ被害者に目を遣ると、揃《そろ》って若い。高校生か、大学生ぐらいに見えた。本土から来たのか、それとも大島からか、Tシャツ姿の軽装だった。

「どうしたんだ?」

柚介を見上げて、尋ねた。

「関係ない。島のトラブルだ」

「それなら、俺のトラブルでもある。俺はこの島の警察官だ」

「――この二人は盗人だ。窃盗目的で、ここへ来たんだ」

渋々といった様子で、柚介が口にした。

答えを聞き、耳を疑った。

「盗みだと？」

「ああ」

「笑わせんな。こんな辺鄙な島に、なにがある？　若いガキが喜びそうなものなんて、ないはずだ」

澄まし顔の柚介は口をつぐんでいる。

真意を探るため、じっと相手を睨み上げた。

そうだった。こいつは――ようやく思い出した。

「お前、総合格闘家として活躍してたよな。ブレイブで、ライトヘビー級のチャンピオンにもなった。髪型や服装のせいで、全然気付かなかったぜ」

「昔のことだ」

「どうりで、図抜けて体格がいいわけだ」

「自分はどうなんだ？　体の厚みが身長に合っていないぞ」

「スポーツと一緒にするな。警察の特殊部隊にいた。実戦仕様の肉体だ」

柚介が前歯を覗かせる。

本当はもう少し調子を戻したかったが、これ以上は舐められる。

「野戦でなら、確実にお前を殺せる」

先制攻撃で仕留めにかかった。両手を上方へ伸ばし、チョークをきめにかかる。格闘技のそれではなく、殺しのチョークだ。こんな島では、警察官の暴行が騒がれることなどない。

相手の首に両手をかけ、それぞれの親指を顎のすぐ下、咽頭《いんとう》へ強く食い込ませていく。柚介の唇が別の生き物のように痙攣《けいれん》する。そのまま気を失い、膝から崩れ落ちるはずだった。

しかし、目論見《もくろみ》が外れた。目を閉じて苦悶し、腰を落としながらも、柚介は両手で俺の手首をつかみ、耐えている。

力が続かねえ——

体力が戻りきっていないため、両腕がすぐに疲労のピークを迎えた。

力が緩まったタイミングを柚介は見逃さなかった。右手を背後から俺の腰へ回すと、そのまま自分の腰へ俺を乗せ、下へと叩きつける。

凄《すさ》まじい衝撃に、身動きが取れなくなる。背中が痛く、割れそうだった。下が砂でなかったら、間違いなく骨や内臓をやられていた。

馬乗りになった柚介が右手を振り上げる。

久々のダメージに面食らっていたが、すぐに意識を立て直す。

倒れて下になってしまった場合、対処法はふたつ――下からあらゆるチョークを狙うか、ロックをかけて相手を動けなくするか。

咄嗟《とっさ》に後者を選択し、膝を曲げて右足を素早く引き抜き、ふくらはぎと太ももの裏で相手の左太ももを挟むように引っかけながら、右の掌で左肘を強く押した。左手で相手の左手首をつかむことも忘れない。こうすると相手の上体が向かって左へ曲がり、右の拳を振り下ろせなくなる。

下からの俺のロックに対し、柚介は焦りの色を見せた。額に汗を溜めながら、傾いている上体をなんとか戻そうとしているが、許さなかった。

けれど、左手の握力が弱まるのを皮切りに、体に力が入らなくなってしまう。

全身が弛緩《しかん》すると同時に、柚介は右の前腕を上から喉元へ押し付けてきた。ギロチンチョークだ。

呼吸が出来なくなり、両頬と額が焼けるように熱くなる。

やはり、こいつと勝負するには時期尚早だった。落ちていくのは時間の問題だと諦め、目を閉じた。

突然、圧力を感じなくなった。そればかりか、小刻みに震えている振動が伝わってくる。

訝りながら確認すると、柚介が自分の両手を眺めている。

くそっ、手加減しやがった――

跳ね上げるようにして相手をどかし、素早く立ち上がった。

背後にいた二人の島民が駆け寄ってくる。

「スサノオ様。とりあえず、盗人を屋敷に連れていきましょう」

「――そうだな」

ようやく柚介が立ち上がった。

二人の島民が、それぞれ若い男の背後につく。左手を後ろにして左手でつかみ、右手で肩をつかんだ。

「待てよ。勝負は終わってねえぞ」

喉が潰れそうな大声を出し、呼び止めた。

「SATだった俺が、てめえなんかに負けるかよ」

語気の強さとは裏腹に、頭は状況を冷静に判断していた。

敗北だ。

「われ、ふうがわるいぞ」

「スサノオ様は、よけーもんを調べねばならん」

二人の雑魚どもが、言い聞かせるように怒鳴り返した。

肝心の柚介は、腑抜けた面でこっちを見ている。哀れんでるのか。

「戻ってこいよ、おら」

結局、柚介は俺を無視し、前を向く。恥と悔しさで、全身が焼かれているように熱い。

そのまま五人は去っていった。

不甲斐《ふがい》ない自分が許せなかった。あいつが本気を出していたら、確実にやられていた。くそが、くそが、くそが、くそが——畜生、畜生、畜生、畜生。

怒りが収まらなかったが、ホアンたちのことが脳裏を過《よ》ぎった。ちょうど昼飯時だったため、さらなる話が聞けるかもしれない——というのは建前だ。憂さ晴らしに、あいつらをからかってやろう。

少し離れたところから、椿の密集した一帯を眺めてみた。プランテーションのオーナーになった気分だ。

ホアンを含む三人の姿をすぐに見つけることはできなかった。仕事の進捗《しんちょく》が芳しくないのか、通常の職場では昼休みの時間にもかかわらず、何人ものベトナム人が労働を続けていた。全員、腰を屈め、一心不乱に実を拾い集めていた。汗にまみれたそれぞれの顔には、倦怠感《けんたい》と絶望とが色濃く浮き出ていた。

情けねえやつらだ。多分、奴隷労働のような契約なんだろう。

パスポートや、もしかしたら在留カードも、天乃家に管理されているに違いなかった。こんなところで働かざるを得ないということは、不法滞在者も多いだろう。けれど、入管にチクったところで、面白くもなんともねえ。それよりも、こいつらの弱みを握っておいて、いざという時の駒として確保しておいた方が得策だろう。

ようやく怒りと屈辱が薄れてきた。悲惨な状況にいる者、過酷な運命を生きる者――そいつらを眺めて優越感に浸るのは、俺にとっての癒しだ。

風に乗って、異国人の強烈な体臭が漂ってくる。

右の方から、ポマードで七三分けに固めた男が、両手でオレンジ色のかごを持ち、目の前を横切っていった。

「待て、おい」

すかさず呼び止め、振り返った相手に正対した。

「黙って通り過ぎるな。お巡りさんご苦労様です、だろ」

説教してから、逆手での左中段突きをタンクトップのたるんだ腹に打ち込んだ。力は抜いたが、こいつは柚介に食らわせてやるつもりだったものだ。

男はかごを手放すと、両膝をつき、腹を押さえて前屈みになった。せっかく収穫したかごの中の実に向かって、げえげえと胃液を吐き続けている。

「ウケるぜ。新商品の漬物か？」

一刻も早く、この島を挨拶が行き届くマナー社会にしねえとな。俺に課せられている重要なミッションのひとつだ。

男は怯《おび》えた様子でなにかを呟《つぶや》きながら、救いを求めるように見上げていた。なにを言っているのかさっぱり分からねえから、教えてやった。

「こういう時はなあ、ご指導ありがとうございます、って言えばいいんだよ」

＊

ホテルへ戻った谷垣は、真っ先にデスクへ向かい、ノートパソコンを開いた。会報誌の男を特定するため、思いついたキーワードを次々と打ち込み、検索していく。

何本もの過去の報道に目を通した谷垣は、解に辿り着いた。

現官房副長官、窪塚曜二《くぼづかようじ》に間違いない。

ふくよかな顔と体格をした窪塚は、白髪交じりの髪を七三に分け、四角い銀縁眼鏡を掛けている。六十四歳で、非常に特徴的なつり目をしている。

窪塚は、五年前に警察庁次長、そこから警察庁長官を経て、現在の役職に就いた。

経歴を確認していた谷垣は、重要な点に気付いた。今から二十年ほど前、二年弱ほどの期間に、窪塚と浅岡は同じ部署に所属していた。窪塚の階級が警視長時代の話で、警察庁長官官房国際部国際第二課長から、警視庁組織犯罪対策部長に転属になっていた。そこに、かつての浅岡も所属していた。

二人は、必ず関係しているはずだ。

これまでのことを勘案すると、浅岡が天照島の裏金を得ているのなら、窪塚もなんらかの形で関与していると考えるのが筋だった。

二人とも親和連の信者なのだろうか？　教団本部に問い合わせたところで、真実を答えるわけがない。天照島ルートの裏金を、献金している可能性もあった。

谷垣は右拳を強く握りしめた。

翌日の午前中、谷垣は永田町へ向かった。

正面奥には首相官邸が見える。報道で見慣れた光景が近づいてくるにつれ、谷垣は一瞬、何度も訪れた経験があるような気分になる。

徐々に距離が縮まっていき、建物正面に鎮座する切り出したままの大きな自然石のオブジェが見えてくる。

敷地周辺を警備する、制服姿の警察官の姿が増えていった。

「こんにちは。官邸にご用でしょうか？」

その中の一人、女性警察官が見上げながら尋ねてくる。

谷垣は歩を止め、確認した。相手は左腕にミミズクのモチーフがついた青い腕章をつけている。官邸警備隊の者に間違いなかった。

「私も、本庁だ」

ＩＤを取り出し、相手に提示する。

「失礼しました。捜査一課の方ですか」

相手が敬礼する。

「お約束がおありで？」

「そうだ」

「どちらでしょうか？」

「──窪塚官房副長官のところへ」

「承知いたしました。お取次ぎいたします」

女性警察官は無線を手にし、なにやら話している。

「行きましょう。敷地内からは、係の者がご案内します」

あとに続く形で、谷垣は再び歩き始める。

正門へ近づいていくと、警備員のような制服を着た、二人の男が向かってくる。彼らは警察官ではなく、連絡を受けた官邸警務官であることが谷垣にも分かった。

やはり、まずい。

我に返り、谷垣は立ち止まった。

そのまま翻り、来た道を早足で戻っていく。

「どうしたんですか？」

女性警察官が声を上げたが、谷垣は無視した。

谷垣はようやく冷静さを取り戻した。政府高官が突然の訪問者と面会するはずもなければ、こちらの詰問に素直に答えるとも考えられなかった。

ただでさえ非合法作戦に着手したばかりだ。ここは、足元の浅岡を攻めるべきだ。

＊

柚介に圧倒された屈辱を反芻《はんすう》しながら、早朝の裏庭で二十キロを超える石を抱き、スクワットを続けた。

長期にわたって病院のベッドで昏睡《こんすい》していた代償は、思った以上に大きかった。生活に支障のない、六割ほどまで戻すのは容易い。けれども、自分が納得できるレベルまでとなると手強《てごわ》かった。割れた陶器を接着しても目を凝らせば亀裂が見つかるように、どうしてもこまかな粗が気になる。

柚介との戦いから今日で一週間、日々のトレーニングの負荷を強めている。

焦っても仕方がねえ。

進んで石抱きの刑を受けながら、自分に言い聞かせる。

早朝の鍛錬を終えると、朝飯の準備に取り掛かった。

フライパンの中、泥味の野草炒めの上から卵をみっつ割って入れ、かき混ぜる。こいつは桑原の店から仕入れてきた。島民の何人かがニワトリを飼っていて、産んだ卵を代理で販売しているようだ。平飼いみたいな環境だから、栄養価も高いだろう。

白米とともに、消化酵素がしっかりと出るようじっくりと咀嚼《そしゃく》を続け、食らっていく。全身にくまなく行きわたり、血となり、肉となるイメージを続けた。自炊は大事だ。料理が下手でもいい。質のいいものを食って、自分自身をメンテナンスすることが重要だ。

午後になり、散歩に出かけた。

船着き場の奥のあたり、いつも古びた小型船が係留してある近くに、珍しく人がいる。顎髭の長い、痩せたジイさんだ。

あいつが、榊原だろう。

ようやく、唯一の船乗りと言っていい姿を確認できた。桑原よりも年上のようなので、やつも知らない面白い話を聞けるかもしれない。情報源は多い方がいい。

「よう」

　しゃがんだまま、相手が充血した目を向けてきた。

「この船のオーナー、榊原だな？」

「ああ。あんたは？」

「新しい駐在だ」

「ほいで？　わしに用か？」

「この島のことを、色々聞かせてくれ」

「面倒じゃ。桑原さんから聞け。船の整備で忙しい」

　飄々《ひょうひょう》としたジイさんだ。

「――分かったよ。またな」

　ここで無理を通し、相手の心証を悪くするのは得策じゃねえ。

　再び歩を進め、大神田を目指した。

　到着したが、全員奥の方で作業をしているためか、ベトナム人の姿は一人も認められなかった。仕方なく通り過ぎ、天乃家の陣地へと歩いていく。

「行け、おら」

　遠目に円形に立つ木柱が見えてきた時、勇ましい掛け声が聞こえてきた。微かな声量で、左前方の遺跡群周辺から響いてくる。

厄介ごとなら見逃すわけにはいかねえ。胸を躍らせながら現場へと急いだ。

大神山を中心とした遺跡群の麓は、守護するかの如《ごと》く、大きな岩が鎮座するように取り囲んでいる。

その一角で、八人の男の姿を見つけた。いずれも三十歳前後から五十代に見え、老人の姿はない。予想外だったが、柚介もいた。

島民は不思議なレースをしている。奥の方からスタートし、二列になっている巨岩の連なりを、それぞれが登っては下り、二十メートルほど先に張られた麻縄を目指して駆けていく。

二レース眺めたあと、スタート地点で両腕を組んで見守っている柚介のもとへ向かった。

「──お前か」

柚介がうんざりしたような表情をみせる。

「大の男が、仕事もしねえでなにしてるんだ?」

「心身を鍛えている。自然を利用した、古来伝わる鍛錬法のひとつだ」

「ハッハー。下らねえ」

「傍《はた》から見るよりも、難しいぞ。岩肌は所々鋭利だし、苔《こけ》が自生している部分は滑る」

鼻で笑ってやった。SATだった俺から見れば、噴飯《ふんぱん》ものだ。

「それなら、勝負するか？」

「今回はやめておく」

こいつをぶっ倒すのは、本調子に戻してからだ。それに、こんなレースじゃ気が済まねえ。この前の借りも含めて、素手で再起不能にしてやる。

「なぜ、お前がこの島を支配しないんだ？」

率直な疑問をぶつけた。

「それだけタフなら、島民も言うことを聞くはずだ。嫌でも従うだろう」

「言ったはずだ。この島は古来、母系社会だ。だから、アマテラス様の霊力を受け継ぐのも女だ」

「女が里を守り、男は荒野を行くわけか。そんな伝統、意味があんのかよ？」

「権力を笠《かさ》に着て男が威張り散らすよりも、女の母性に任せた方が統治は上手くいく。そうやって四季の恵みも頂きながら、縄文時代は一万年以上も平和な時代が続いた」

「確かにそうだ。稲作が本格的になって、備蓄と分配に男どもが乗り出すようになってから、争いの時代へ突入したからな」

「分かっているじゃないか」

「じゃあ、祭祀はどうなんだ？　科学に毒されている今では、祭祀や霊力なんてもんは、とっくに因習に成り下がってる」

「これも言ったはずだ。この島では、十分意味がある」

「名目上のトップは、髪を後ろで結んでいる、由依なのか？」

「由依はタゴリヒメ様の生まれ変わりだ。けれど、アマテラス様の化身は、下の姉の癒阿だ。彼女が大神だ」

「金の面はどうなんだ？　観光や、地場産業として椿油があるんだろう？　よろず屋から聞いたぞ。それは、男のお前が仕切ってんのか」

「この島でビジネスを続けていくことは、一人の力では無理だ。本土の助けがいる。——お前、警察のくせに、本当に知らないのか？」

「あっ？　誰のことだ？」

「だから、浅——」

言葉を濁した柚介が、視線を合わせてくる。

「いや。分からないなら、いい」

なんだ、こいつは？

「そういえば、弟がおもしれえこと言ってたぞ。この遺跡地帯へ進んでいくと、悪霊が出るらしい」

柚介が表情を引き締めた。

「本当だ。祟《たた》りで死ぬこともある」

「ふざけてんのか。ハッハー」

「いや。禁忌を破り、奥へ進んで命を落とした人民が、何人もいる」

祟りなんて食らうか馬鹿。やはりこいつは、この手で絞め殺さねえとな。

＊

この六日、自分のトレーニングに集中していたため、ろくにパトロールに出ていなかった。

朝飯を食らい、デスクでまどろんでいると、いつの間にか午前十時を過ぎている。

黒電話が能天気な音で鳴り出したが、いつも通り即切りしてやった。

重い腰を上げ、久し振りに島を巡ることとする。

大神田に差し掛かると、いつもと雰囲気が違った。ベトナム人どもが整列させられていて、柚介と遊太が正面に立っている。

視察か？　偉そうに、訓示でも垂れてんのか？

少し離れたところで眺めながら、推察する。

天乃家の二人が背を向け、自分たちの土地の方へ歩いていった。

農民もそれぞれの持ち場へと散っていく。

戸が開いたままの搾油所へ近づいていくと、建物に飾り付けがしてあることに気が付いた。黄色い房が付いた赤い紙製の灯籠が、いくつも下げられていた。

「おい。あの飾りはなんだ？」

近くにいたグエンに尋ねる。

「テットチュントゥー、中秋節です」

「お前の国にもあるのか」

「はい。ベトナムも、日本と同じ水稲文化がありますから、月は神なんです。八月の収穫が終わったあとで、月餅《げっぺい》を食べて一休みするんです」

「月は嫌いだ」

「どうしてですか？」

「監視されてるみてえだからな」

突如として、搾油所の中から男の怒鳴り声が響いてきた。なんて言ってるのか、さっぱり分からねえ。

気になり、グエンとともに確認へ向かう。

中に入るなり、グエンが眉根を寄せ、困惑の色を浮かべた。

「どうした？」

はっとした表情を見せたあと、グエンが答える。

「いつもの癇癪《かんしゃく》です。なにかあると、いつもああなんです」

目を向けると、ホアンが激しく怒鳴りながら、作業台を右の拳で上から殴りつけていた。

「なんて言ってる？」

「機械油がない、どこにやったんだって――」

下らな過ぎて、気が抜けた。

「そう言えば、お前ら農民は、普段はベトナム語を話さないよな」

「はい」

「理由があるのか？」

「あります。ここは神聖な島だから、日本語以外は禁止されています。労働条件にも、書かれています」

「そういうことか」

要は、母国語を奪い、島への同化を強いている。ぶっ飛んだ島だが、外国人のしつけ方を分かっていやがる。

ホアンは変わらず暴れている。下から作業台を蹴り上げていた。近いうちに、こいつにも規律を叩き込まねえとな。

「おい、お前」

ホアンが動きを止め、顔を向ける。小さな両眼《りょうめ》を大きく見開いてやがる。

「せこいことでわめいてんじゃねえ。潤滑油がねえなら、代わりにナンプラーでも使っとけ」

意味が分からないといった感じで、ホアンは真顔だった。

「――グエン。お前らベトナム人の唯一の調味料は、ナンプラーだよな？」

「ナンプラーはタイの呼び方です。ベトナムの魚醤《ぎょしょう》は、ヌクマムです」

初耳だった。

「それに、塩漬けにしたエビを発酵させたマムトムとか、ベトナムにも調味料はたくさんあります」

知ったことか。ホアンの方へ向き直った。

「おい。潤滑油がねえなら、代わりにヌクマムでも使っとけ」

ホアンが睨んできた。しかし、こちらが睨み返すと、目を伏せた。

ざまあねえな。

交番へ戻る道すがら、右側の茂みの方から声が聞こえた。

「火事だ」

「早く消せ」

数人の切羽詰まった叫び声が飛び交っていた。

海沿いの道をそれ、右側の茂みの中へ進んでいった。途中、民家が何軒か連なっていたが、現場はもっと先のようだった。

十数メートル前方に、大神山の麓を守る巨岩の連なりが見えてくる。手前が広場のように開けていて、その一帯が燃えている。

炎の勢いはどこまで広がっているのか、瞬時には判断できなかった。

島民が続々と集まってくる。それぞれがバケツを手にして水をかけていくが、勢いは衰えない。中には小さな消火器を手にした者もいるが、同じだった。

地元の消防団はまだなのか。過疎地とはいえ、それくらいはいるはずだ。

「山火事になることだけは防げ。被害が大きくなる」

「遺跡や山が燃えちまったら、島の守り神が消えちまう」

島民の悲痛な声が飛び交う。

目の前で背を向けている男が、正面の炎ではなく、呆然《ぼうぜん》と右の方を眺めている。

「ぼーっとしてんじゃねえぞ」

すぐ近くでバケツを手にした男が、怒鳴りつけた。

「大神様だ。大神様が来てくださった」

眼前の男が右の方を指差し、興奮に満ちた声を上げた。

あの女が、癒阿。アマテラスの生まれ変わりか。

白い衣に紫の袴を穿いた、小柄な女が歩いてくる。腰まで伸ばした長い黒髪が炎に照らされ、光を放っている。

後ろには、柚介、遊太と続いていた。

「神々が来てくださったぞ」

二十人近い島民が、一箇所に集まってきた。後方へ下がり、一番後ろで成り行きを見守ることにした。

島民に背を向ける形で、癒阿を中心に、三人が炎と正対する。

一歩、癒阿が前へ踏み出す。両手を高々と掲げた。

ココニ　ホワザガ　アラントキ
オノコロ　マカゼ　フリメグル
チノクサ　チノツチ　ヨロコベト
オオカミ　ミカゼ　フリメグル
オオカミ　ミカミ　アカハタナ
オコレセエツル

シイタラ　サヤワ
人の声色とは思えない、鈴の音のような響きだった。

不意に、正面奥の大神山の方から激しい風が吹いてくる。同時に、広がり続ける炎の帯の進行が止まり、明らかに勢いが衰えていった。風が吹けば火勢は強まるはずだが、どんなからくりがあるのか。

「さすがは大神様じゃ」

「こーたこと、誰でもできんこじゃない」

島民どもが狂喜乱舞し始める。

もっと近くで癒阿を見るため、はしゃぐ島民どもの間を進んでいった。

姉妹だけあって、外見は由依とよく似ている。同じように肌が白い。しかし、由依はどことなく男に媚びを売るような、淫蕩《いんとう》な生活を送っていそうな雰囲気を漂わせているが、癒阿は無に近い。

こちらを振り返ったが、癒阿はなにも見えていないような佇まいだった。

翌朝、トレーニングを終えて太陽神籬へ向かうと、ちょうど祭祀が終わる頃だった。

今朝の儀式を司《つかさど》っていたのは由依だ。

強引に、帰ろうとしている一人の男の腕を取る。振り返った六十代の男の口からは、強い酒の臭いがした。

「お前ら、毎朝よく飽きねえな。こんなこと続けて、なんか意味はあんのか？」

「もちろん、あんじぇ。一日でも欠かすと、海が荒れて大変なことになる。ここは神々への儀式で平和を保っとる」

「ハッハー。そんなこと信じてんのか？」

「われ、昨日の大火事のこと知らんじぇ？　大神様のお力で、山火事になる一歩手前で助かったんじゃ」

恍惚《こうこつ》とした面持ちで俺の手を振り払い、男は去った。

奥へ目を向けると、由依がこちらへ歩いてくる。途中ですれ違う島民は、必ず頭を下げていた。

「よう。昨日、あんたの妹を見たぞ」

「そう」

「島民どもは全員、癒阿の力だと信じ切っていた。風で火が消えるわけがねえ。バレねえように、化学薬品でも撒《ま》いたんだろう？」

「現実を直視しなさい。ミカゼは大神様が呼び起こしたのよ。火難除《よ》けの祝詞を唱えて、山神《やまがみ》様にお願いしたの」

「意味不明な祝詞の効果なんて、信じることは出来ねえな」

「穢《けが》れきった内地には、八百万の神も見向きもしないかも。でも、天照島では通じるのよ」

「確かに、都会とここじゃあ、世界が違う」

「それより、この島のこと、色々と嗅ぎ回っているようね」

「仕事だからな」

「島に宿る神々が、お怒りになりませんように――」

最後に能面のような笑みを浮かべると、由依は背を向けて歩き出した。

ムカつくぜ。そろそろ、こいつの仮面も剝がさねえとな。


交番へ戻ると、見覚えのないものが目に入る。

入り口の引き戸のうち、左側は少しだけ開けたままにしていた。そして、右側の上部、ガラスの中央に、綺麗な麻の飾りがテープで貼り付けられていた。精麻をよったと思われる太さ一センチほどの紐が、直径十センチくらいの円形になるように結ばれている。

「ハッハー。就任祝いか。誰がやったか知らねえが、気が利くな」

麻の輪《わ》飾りは、朝日を反射し、黄金色だった。

「あいや。あんた、それ」

郵便局へ向かう途中だろう、左手に封筒を手にした通りがかりの中年女が、右手を口元に当てながら驚きの声を上げる。

「どうした?」

「そのお飾り、警告だよ。三個たまると、必ず殺されるんだ。昔から伝わる、じの掟《おきて》だよ。島の和を乱すやつに罰を与えんのよ」

「言ってる意味が分からねえ」

「ここじゃあ、二か月に一回、定期的にトヨタマヒメ祭りが行われんのよ。海に感謝する祭りで、ヒメ様の化身である鰐《わに》に、捧げものをするんだよ」

「それで?」

「普段は、ニワトリや、ほかの家畜を捧げるけど——」

ホアンが捕獲したイノシシはそのためだったのかと、合点がいく。

「神々の怒りに三回触れたばはっけは、そいつ自身が生贄にされちまうんだよ」

ちっ。舐めやがって。

＊

掌に刺さった棘《とげ》を抜くように、胸に刺さったままの疑問は解決しなければならない。

本日は極秘会議がなかったため、最低限の荷物を入れたクラッチバッグを手に持つと、谷垣は昼前に再び浅岡の自宅へ向かった。

少し離れた歩道から浅岡宅を観察していた時だった。谷垣はいきなり背後から、なにやら硬いものを背中の中心に突きつけられた。

「動くなよ。アップ」

アップとは昔の警察の隠語で、ホールドアップのことだ。言われた通り、谷垣は前を向いたまま両手を上げた。

「二日前、お向かいさんが教えてくれたんだ。怪しい人間が、俺のことを探っているってな」

「浅岡さん。私は、本庁の人間です」

「あ？　母屋から来たって？　よし。ゆっくりこっちを向け」

母屋は本部、離れは所轄署を指す隠語だ。背中の圧迫感が消えたことを確認してから、谷垣は振り返った。

やや低い位置から見上げてくる相手は、浅岡に間違いなかった。ノーネクタイのスーツ姿で、右手の杖の先を谷垣の顔に向けている。

「見回りして捕まえてみれば、びいちかよ。お前の言うことが、本当ならだが」

びいちは、チビの反転、年下の子分のことだ。

浅岡は疑っているようだった。警視庁の職員は四万人を超えている。所属が異なれば、合同捜査や、協力に駆り出されない限り、他部署の人間と顔を合わせることは少ない。

「刑事部、捜査一課の谷垣です。一緒にヤマを踏んだことはありませんが、先輩のお名前は何度か耳にしたことがあります」

相手に親しみを感じさせようと、谷垣は普段使わない隠語をあえて口にした。

「階級は？」

「警部です」

「ぶけか。お向かいさんも言ってたが、ぶけが一人でうろつくなんて、確かに普通じゃねえよな」

浅岡は、元組織犯罪対策部暴力団対策課長だ。なにを言ったところで海千山千のベテランには見透かされると、谷垣は黙していた。

「待てよ、谷垣って——そうか。思い出したぜ。お前、特殊班だな？」

要員の構成は庁内でも極秘事項ゆえ、谷垣は無反応を貫いた。

「一時期、噂が広まったぜ。前にあったテロ事件で、年端《としは》もいかねえガキを撃ち殺したんだって？　悲惨な話だぜ」

谷垣の全身に苦みが駆け巡る。やりきれぬ思いが込み上げ、右手を強く握りしめた。

「で、天下の特殊班が、俺様になんの用があるんだ？　こっちは隠居の身だぜ」

「浅岡さん。少し、お話を聞かせていただきたいのですが」

一瞬、浅岡が固まった。探るように、谷垣の目を射抜いてくる。

「天照島の話です」

「懐かしい地名だな。ずいぶん昔に赴任していた島だ。お前、行ったことはあるか？」

「いいえ、残念ながら。改めて存在を認識したのも、つい最近になってからです」

「いいところだぜ。大自然に、現代人が忘れちまった、昔ながらの生活様式がある」

「――加えて、売春も盛んで、広大な土地で大麻も栽培し放題、といったところでしょうか」

谷垣の言葉に、浅岡はあからさまに目を細めた。

「込み入った話になりそうだな。仕方がねえ。うちへ上がれ」

「お邪魔させていただきます」

杖をつきながら歩く浅岡を先頭に、二人はグレーの御影石の邸宅へ向かった。

中へ入ると、谷垣は二十畳を超えるリビングへ通された。ガラステーブルを挟み、浅岡と向き合う形で、応接セットに腰を下ろした。

「来るんじゃねえ」

トレーにティーポットとカップをのせた女が近づいてきたが、浅岡が怒鳴りつけると引き返した。咄嗟のことだったので、谷垣には浅岡の妻なのか、家政婦なのか、判別できなかった。

「浅岡さん。杖をついていましたが、お体を悪くなさったのですか？」

「いや、ピンピンしている。健康そのものだぜ」

「では、どうして――」

「便利なんだよ。杖ついてりゃあ、店入っても、ほかのところでも、色んなやつが優しくしてくれる」

浅岡は、スラックスのポケットから今時珍しいピースの紙煙草を取り出し、一本咥えると火をつけた。

「ふー、うめえぜ。それに、保険を勧める時にも、万が一私のように体を悪くした場合も安心ですよって、嘘もこける。いざという時には、さっきみてえに武器にもなる」

谷垣は気分が悪くなった。こいつならば裏金を受け取るだろう。やはり、実際に面と向かって話を聞くことは重要なのだ。

「本庁を退職されてから、外資系保険会社の、ハッピーグースに再就職されたのですね？」

「そうだ。まっ、本当は、働かなくてもいいんだけどな。暇を持て余すのも、なんだからな」

意味ありげな笑みを浮かべると、浅岡は白い煙を吐き出した。

「事情聴取みてえだが、まあいい。待遇がいいところだよ。与党の売国政策、規制緩和で日本にやってきて、あっという間に肥えた会社だ。アメリカじゃあ、二十位以内にも入れなかったのに」

アニメのガチョウが大声でがなり立てるテレビCMを、目にした記憶があった。

「平日ですが、営業に行かなくていいんですか？」

「俺ぐらいになれば、昔の身内の方から連絡してくる。アポ取らせて、指示した場所に来させて、説明してやれば済む」

谷垣は、ガラステーブルの左側に置かれている、浅岡のスマートフォンに目を向けた。言われてみれば、先ほどからひっきりなしに振動している。

こんなに多くの者から慕われているとなると――

谷垣は暗澹《あんたん》たる思いに見舞われた。外部へ漏らせない情報を共有することからも、警察は団結が強く、内向きの世界だ。従って、一度よこしまなものが広れば拡散も速く、発覚もしにくい。警視庁内における天照島の裏金ネットワーク、並びに親和連の繋がりも、予想以上に大きなものである可能性があった。

「谷垣。お前の医療保険は、共済組合か？」

「いえ。保険証だけで十分です。警察の健康保険制度は、国保や民間金業の保証に比べて、申し訳ないほど恵まれていますから」

「悪いことは言わねえ。医療保険には入っておけ。この先、なにが起こるか分からねえんだ。俺に任せれば、返戻率《へんれい》が高い貯蓄型保険を紹介してやるよ」

「結構です。それより、浅岡さん。やり手の暴対課長だったあなたに、下手な駆け引きが通用しないことは心得ています。ですから、単刀直入にお聞きします。今も、天照島から裏金を受け取っているのではないですか？」

灰皿に灰を落とすと、浅岡は前のめりになった。

「――そのネタだが、どっから拾ってきた？」

「監察官室へ、いくつかタレコミがあったようです。随分と前から」

「――へっ。この俺をサスとは、とんでもねえ馬鹿がいたもんだ」

再び、浅岡がソファーへふんぞり返った。

「そうだぜ。何十年も前から、俺は天照島とデキてる。文句あんのか？」

谷垣は肩の力が抜けた。

浅岡は身を乗り出し、探るような視線を向けてくる。

「どうだ？　お前も一枚噛まねえか？　特殊班は危険な任務だ。この先、なにがあるか分からねえ。少しでも多く、金を貯《た》めた方がいい」

条件反射のように、谷垣は首を横に振る。

「私は受け取りません。それより、いいんですか？　簡単に、罪を認めてしまって」

浅岡はにやりと笑った。

「構わねえよ。昔のことは時効だし、現在進行形のことは、どうにでも出来る。そういう自信があるんだよ、こっちは」

「残念です。あなたは現役時代にも、有林組と繋がってるという噂がありましたが、きっと、それも――」

「ビンゴだ。そもそも色んな意味で組と繋がってなきゃあ、暴対課のデカなんて務まらねえ。そうだろう？」

浅岡は一切悪びれる様子をみせない。

自信に満ちた相手の心理的な砦《とりで》を少しでも崩してやろうと、谷垣はクラッチバッグから小冊子を取り出した。

「これを見てください。カルト教団親和連の集まりで、嬉々《きき》としてスピーチをするあなたの姿が載っています」

ガラステーブルの上に差し出すと、浅岡が身を乗り出した。

「こいつは、いつのだ。確かに、愛《いと》しのスターママに賛辞を述べているのは俺だよ。スターママには、感謝している。色々としてもらったからな」

浅岡はにやりと笑った。

「天照島からの裏金に手を染めてるだけじゃなく、あなたは親和連とも関係が深い」

「そうだ。俺だけじゃねえ。よく写真を見てみろ。自国党の国会議員もいるぜ」

「確かに。そして、現官房副長官の、窪塚氏の姿も――」

浅岡が右の眉毛を高く上げた。

「気付いてやがったか。出来のいい刑事だ」

「窪塚氏とあなたが、かつて組織犯罪対策部で一緒だったことも、分かっています。お二人は、繋がっているんですか？　単に、同僚だったということを超えて」

「まあ、そう考えるのが、普通だろうよ」

「あなたのバックには、ずっと窪塚氏がいたと考えてよろしいのですか？　同じ部署で知り合ってから」

「まあな。窪塚さんの方がふたつ年下だが、知っての通りキャリアだ。うちへ来た時は、組対部長として配属された。そこで、色々と有益なアドバイスをもらったよ。聡《さと》い人だからな、天照島ルートの裏金が、代々俺を含む庁内の特定の人間に流れていることに、すぐに気付いたよ」

警察庁に警視庁、地方の警察本部に、外務省――窪塚はキャリア官僚として様々な部署を渡り歩き、表裏を見てきた。だからこそ、すぐに異臭を嗅ぎ取ったのだろう。

「窪塚さんは、金は仲間内でプールするだけでなく、ぜひとも上層部にも渡した方がいいと助言してくれた。自分が仲立ちするからと。つまり、母屋の上司だけでなく、警察庁にも送るべきだって。そうすれば、警察全体のためにもなるし、俺たちのような末端の職員も居心地がよくなるからってな」

谷垣は強い衝撃を受けた。高田管理官から聞いた話よりも、事態はさらに深刻だった。長年続く裏金の行き先は、一部の仲間内だけではなかったのだ。

「いいんですか、浅岡さん。また、墓穴を掘りましたよ。聞いてもいないのに、裏金の行き先を話してしまっている」

「おい。生意気に、俺の身を心配してくれるな」

「もしかして、あなたを親和連に勧誘したのも、窪塚氏ですか？」

「ああ、そうだ。公務員や政治家は、ぜひやつらの仲間になった方がいいって、勧められたよ。選挙協力等、様々なメリットがあるってな。もちろん一般市民だって、そうした方がなにかと得だろう」

「選挙協力は分かりますが、市民が怪しげな集団に入って、なんの得になるんですか？」

「例えば、やつらに寄進して無一文になり、生活保護の申請に行ったとする。今は世間の目が厳しいが、当時は、親和連の関係者だと分かれば、すんなり申請が通ったんだよ」

谷垣には信じ難かった。

「まあこれは、親和連だけじゃねえ。似たような話はたくさんある。一般市民の血税で賄われているのに、逆に普通の日本人じゃあ、難癖付けられて、通らねんだ」

「窪塚氏は、警察庁は吸い上げた裏金をなにに使うと言っていましたか？」

「そんなの、国会対策費とかだろうよ。俺たちに不利な改革案は潰して、楽になるようなものは通すために、裏でロビー活動するのに使うんだよ」

谷垣はうんざりするように言った。

「天照島の裏金から、親和連にも献金を続けているのですか？」

「そんなもん、当然だろう。そのおかげで、ずいぶん楽が出来た。スターママは、与党と繋がりが深いし、警察にも顔が利く。窪塚さんの助言を受け入れたおかげで、俺は去年退官するまでの何十年もの間、母屋内の配置換えだけで済んだんだ。都内の片隅へ通勤する苦労とは、無縁だったぜ」

「そこまで入れ込んでいるということは、すでにあなたや窪塚氏は、相当熱心な親和連信者なのですね」

「ちょっと待て。俺が、信心深いだって？」

煙草を灰皿に置くと、浅岡は立ち上がり、右側にある庭へ続く窓際へ向かった。手前に設置されている、大きな仏壇の前で立ち止まる。

「よく見とけよ」

浅岡は中腰になって右手を伸ばすと、位牌《いはい》、おりん、線香立てを払うようにして一気に床に落とした。

不快な音が響き、香灰が舞い上がる。

浅岡は、再びソファーに深く腰掛けた。右手に煙草を持ち、長々と白い煙を吐き出してみせる。

「分かったか？　俺は、信心なんて一切持ち合わせていねえ。親和連の教義も、天照島の八百万の神々も、自分の先祖さえ、敬う気持ちはねえ」

谷垣は言葉を失い、転がり続けるおりんを目で追うしか出来なかった。

「俺が信じてんのはよう、自分自身と、金だけだ。上手く生きるために、利用できるものは利用する。それだけだ」

浅岡に視線を戻すと、谷垣は溜息を吐いた。

「これだけ汚染が進んで、誰も気付かないものなのか」

「馬鹿かお前。気付かないんじゃねえよ。それだけ、天照島の裏金もらってるやつも、親和連の信者も、多いってことだろうが。だから、全部スルーされてんだよ」

軽い頭痛を催しながら、谷垣はもう一方のキーマンが気になった。

「じゃあ、天照島とあんたを繋いでいるのは、誰なんだ？」

浅岡が、ほぼフィルターだけになった煙草を灰皿に押し付けた。すぐに新たなものを咥え、火をつけた。

「この野郎。目上には敬語を使え」

黙ったまま、谷垣は睨み続けた。

「まあ、いい。あの島は、代々天乃家という一家が仕切ってる。その家の男が、裏の仕事を担ってるんだよ。で、今は誰がやってんのか――へへっ、そんくらいは、てめえで調べろ」

天乃家の、男。

「お前はもう、すべてを知っちまった。どうする？　告発するか？」

ヤニで汚れた歯を見せつけるように、浅岡は笑顔になった。

「まっ、頭のいいお前なら、そんなことはしねえよな。どうだ？　やっぱり、一緒に甘い汁を吸おうぜ。サービスしてやるからよう」

「やめろ」

谷垣は思わず語気を荒らげた。すぐに気を取り直し、再び相手を見遣る。

「当然ですが浅岡さん。近いうちに、あなたは逮捕されます。少なくとも天照島の裏金については、監察官室がすでに証拠を握っています」

「無理だな。ジョロウグモはなあ、隅々にまで巣を張ってる。ネットワークの誰かが、処理してくれるんだよ」

「その大きな巣は、天照島ルートのことですか？　親和連ですか？」

「間抜け。両方に決まってんだろう」

浅岡は大量の煙を吐き出した。

「俺はよう、そうめん食う気も、奉公する気も、さらさらねえ」

そうめんは紐状《ちゅうじょう》、転じて捕縛であり逮捕。奉公するとは、入獄を意味する。

「必ず、先に死んでやるよ。あと何十年も楽しんでから、寿命でな」

真意を確かめるべく、谷垣は相手を見つめた。

「つまりよう、お前らにとっては、俺をパクることは叶《かな》わぬ夢ってことだ。なんといっても、俺をつつくことは、現政権に盾突くことになるからな」

ガラステーブルの上に両足を乗せると、浅岡は高笑いした。

第二章　新しい王

日の出より先に目覚めることは、世界の先手を取るようで心地がいい。

いつも通り空が明るんでくる頃に目が覚め、裏庭へ出た。

鈍色《にび》に輝く大きな石の前に立った。最近トレーニングに活用している石で、体感として五十キロを優に超えている。

少しの間深呼吸を繰り返した。気持ちが整うと、両足を開き、両手を石の下に入れた。

息を吐きながら全身の力を使い、ゆっくりと手前を持ち上げていく。底面が垂直になる直前が最もきつかった。

底面が垂直になれば、あとは慎重にバランスを取り、向こう側へ押し出し、ひっくり返すだけだ。

すぐに反対側へ移動すると、再び腰を落として石の端を持ち上げ、元の位置へとひっくり返していく。

この動作を延々と繰り返した。軍隊の基礎体力訓練で行われる「タイヤ返し」をイメージし、鍛錬に励んでいた。

石返しを終え、どれくらい筋力が回復したか、確かめてみることにする。指標とするのはPFT、米軍レンジャー連隊基礎体力テストだ。

まずは、二分間のプッシュアップから。最低合格ラインは四十九回だが、こんなものでは話にならない。俺の目標は三倍を超える百五十回だ。

腕時計を外すと、タイマーをセットし、地に置いた。

高速で腕立て伏せを繰り返す。両脇を大きく開き、大胸筋にしっかりと負荷がかかるようにしている。

タイマーが鳴った。結果は百二十二回だった。

あと一歩だな。

次は、同じく二分間のシットアップ。最低合格ラインは五十九回だが、目標は腕立て伏せと同じ回数だ。結果は百十九回だった。

最後に懸垂《けんすい》を行うため、手頃な高さの木の枝のもとまで進んだ。まったく間を置かずに連続して何回行えるかを検証するもので、最低合格ラインは六回。

俺の目標は二十回で、結果は十七回だった。懸垂自体は永遠に続けられるが、ここから先はどうしても一秒ほどの間隔があいてしまう。

あと少しで、本調子に戻せそうだった。

早朝のトレーニングを終えると、朝飯の準備に取り掛かる。

心身の状態を司る重要な要素は、環境でも思想でもない。それらも関係はするが、最も強く影響するのは食事と運動だ。

だから俺は、今日もシンプルに食らった。栄養豊富な野草三昧に、平飼い卵に、適量の白米のみ。余計なものは食わない。戦地や、緊急事態以外、加工食品やジャンクフードを口にすることはなかった。

戦士でいるために必要な絶対条件は、桁外れの過酷な鍛錬を続けることじゃない。良質な生活習慣を淡々と続けることだ。


何気なく、太陽神籬を訪れた。今朝の祭祀は癒阿が執り行った。

厳《おごそ》かな儀式が終わると——二人の男が癒阿の前に歩み寄り、揉め始めた。

「聞いてくれ、大神様。この間の火事じゃが、こいつが火をつけたんだ」

胡麻塩《ごましお》頭が相手を指差し、声を荒らげた。

「違うって。アマテラス様、この野郎こそ、犯人じゃ」

禿《は》げ頭の方も、負けじと言い返す。

癒阿を中心に向かって左側に立つ遊太は、じっと二人を見つめていた。右側の柚介は呆れ顔だった。

「こいつ、最近祝い金が少ねえって、愚痴ばかりこぼしてやがった」

「われ、人のせいにすんのは、みふうが悪いぞ。われこそ、庭で育てたイモをよろず屋で扱ってもらえねえで、出来が悪いのは島の土地のせいだって、わめいてたろうが」

こいつら、天乃家の女に取り入ろうと、必死こいてやがる。

「二人とも、うるさい」

遊太が間に割って入った。

中央に立つ瘉阿が、笑顔で進み出た。

「構わないわ。たとえどちらが犯人でも、許してあげる」

ともに口を開けたまま、男どもが顔を見合わせた。

「あの時、ミカゼが吹いたでしょう。それが、山神様の真意なのよ。今回は、なにがあっても許してくださった。だから、感謝するのよ」

少しの間睨み合ったあと、二人の男はそれぞれ違う方向へ去っていった。

入れ違うようにして、瘉阿に歩み寄る。

「対応が、随分甘いんだなあ。本腰を入れて、犯人探しをしなくていいのか？　被害届を出してくれれば、俺も捜査できるぜ」

そんな気はさらさらねえが。

「必要ないわ。この島の誕生には、偉大な神々が関わっているの。みな、寛大な神様ばかり。だからここでは、何事も穏便に済ませることが基本なの」

「ハッハー、穏便ねえ――」

思わず吹き出してしまった。

「けれど俺たち人間の誕生に、神々か、あるいは異形の存在が関わっていたのは、本当だろうな。ポーズ土偶を目にして、あれを人間だと考えるやつは相当頭がおかしい」

「あの三本指の方々は、偉大な存在だったのよ」

こんなしょぼい島でも、本当に人類誕生の地ならば、箔《はく》が付くってもんだ。


昼前に、遺跡地帯へ向かった。

ざっと周囲を見渡すと、人の姿は見当たらなかった。

よし。トレーニングの開始だ。

巨岩の隙間を抜け、素早く奥へと進んでいく。誰かに見られ、天乃家にチクられたら厄介だ。木々が茂っているため、数歩進んだだけで、外からの見通しはききにくくなる。

緩やかな斜面にも、麓の巨岩ほどではないが、所々に大きな岩や石が点在している。目的に適《かな》うものがないか、目を配り続けた。

二メートルほど先の右前方に、煌《きら》めく物体を見つけた。地面から、光り輝く白い皿のようなものが顔を出している。すぐ近くまで来ても、判別がつかなかった。気になり、腰を落とし、慎重に掘り出していく。

両手で持ち上げ、立ち上がって確認する。直径三十センチほどの楕円《だえん》形の物体は、七色に輝きを放ち、中央が大きく穿たれていた。

「こいつは、貝輪だ」

軽く土を払い、左腕にはめた。古の威厳を纏ったようで、悪くない気分だった。環境が保たれたままのこの島なら、今でもこれくらい大きくて質のいい二枚貝が沢山生息しているだろう。

再び腰を落とし、周囲をざっと探る。今度は、直径三センチほどの玦状《けつじょう》耳飾りが出てきた。濃い赤色で、ジャスパーのように見える。

こいつも、試しに右耳に押し込んでみた。けれど、耳たぶが痛くなり、すぐに外して投げ捨てた。

目的に適う石を求めて、さらに上へと登っていく。

正面に不思議な一角が出現した。明らかに人為的なものだ。トレーニングに使えるほどではないが、中央に大きな石が置かれ、周囲を小さな石が取り囲んでいる。小さな石の囲いをそっとまたぐと、腰を落とし、中央の石を観察する。ここにも、無数の不可解な刻印が認められた。ルートのような記号にアルファベットやカタカナを組み合わせたようなものが、いくつも刻まれている。

突然、鼻腔《びこう》が激しく痙攣した。五感が激しく警告している。

ハッハー。分かったぜ。

「――奥へ進んで命を落とした人民が、何人もいる」という柚介の言葉を思い出す。

慣れない山中に身を置いていたため、方向感覚が鈍ったようだ。遺跡地帯の傾斜を下って交番へ戻る予定だったが、位置がずれてしまった。麓の巨岩の列を越えても茂みが続き、見通しがきかない。

少し進むと、木々の間から遠くに船着き場が望めた。さらに、左前方の茂みの中に小屋を見つけた。

船着き場に目を向けると、榊原のものと同じような小さな船がやってくる。大島経由だろうか、一人の男が降り立った。

ほどなく小屋から一人の女が出てくると、船着き場の方へ向かっていく。寄り添いながら、男と女は小屋の方へと戻ってくる。

すぐに、あの小屋は置屋か売春小屋だろうと察した。二人はあそこでヤルのかもしれないし、ほかの民家を利用するのかもしれない。

ここへ来る時に船の中から見た光景を思い出した。海を泳いでいた若い女は、売春を強制され、嫌になって逃げ出したのか。やはり、胡散臭い島だぜ。

二人の姿が小屋の中へ消えるのを見届けてから、歩き始める。未《いま》だ島の細部については熟知していないため、このあたりを散策しようという気になった。

茂みを抜けると、古びた民家が立ち並んでいる。その中に、一際《ひときわ》小さな建物が交じっていた。

近づいて確認しようとすると、手前の民家調の建物に古い看板が出ていた。が、劣化が酷く、「新田《にった》クリニック内科」の部分しか読めない。今はとても営業しているようには見えなかった。

改めて小さな建物を見てみると、「天照島資料館」と横書きの看板が掲げられている。ドアノブを回すと鍵がかかっていなかったので、入ってみる。

さして期待したわけではなかったが、展示物はしょぼかった。何点かの発掘品や剥製も飾られているが、ほとんどは六切《むつぎり》やA4サイズのモノクロ写真だ。それらを確認する限り、この島は昔も田舎、今も田舎で、ほぼ変わってないようだ。

唯一興味を引いた写真は、島の名士として飾られていた天乃家の家族写真だった。さすがにカラーで、2Lサイズのものが三枚あった。幼い頃の柚介、遊太と思われる兄弟、そしてもう一人の少女が、両親らしき二人とともに写っている。少女は由依なのか。癒阿なのか。どちらでもいいが、俺の疑念は確信に変わっていた。

昼飯時になり、搾油所の近くまで来ると、十四人のベトナム人は周囲に広がり、思い思いに飯を食っていた。やつらの休憩スタイルは独特だった。母国から取り寄せたのか、全員が赤青黄色などの小さなプラスチックの屋台椅子に腰掛けている。テーブルは、それらの座面を合わせた上に板を乗せ、代用していた。

搾油所の建物のすぐ前で、三人組が飯を食っている。例に漏れず、屋台椅子を巧みに用いてテーブルセットをこしらえている。近くの地べたには、カセットコンロ、大きなフライパンに薬缶《やかん》、紙皿の束などが置かれていた。

「よう、グエン」

「お巡りさん。座りますか？」

グエンが転がっていた黄色の屋台椅子を手にし、自分の右側へ置いた。

「俺は中田だ」

折角なので、ウーとグエンに挟まれるようにして、腰を下ろす。見た目以上に小さく、ケツが痛かった。

テーブルを挟んだ正面にはホアンが座っていた。間違いなく邪悪な両眼は、両手でつかんだ穀物を絶対に渡さないと凄《すご》む、汚いネズミを連想させた。

「飲み物、どうぞ」

ウーが差し出した器は独特だった。取っ手の付いたガラスのカップの上に、もうひとつ、ステンレスのカップがのっかっている。こちらはフィルターのようで、下へコーヒーが落ちてくる。

抽出が終わると、ウーがフィルターをどかし、小さなチューブボトルからなにやら絞り入れ、ティースプーンでかき混ぜた。

コーヒーの色が白く変わり、ミルクだろうと口に含んだ。甘すぎて、とても飲めねえ。単なるミルクじゃなく、コンデンスミルクだと察した。きつい労働を終えたこいつらには、これくらいでちょうどいいのだろう。

「グエン、なんのヌードルだ？」

三人の紙皿にあるのは春雨のように見えた。

「ブンです。米粉を押し出した麺です。僕たちの主食はこれです」

「フォーじゃねえのか？」

「あれは、切り出し麺です。たくさんあるので、どうぞ」

グエンがフライパンの中から紙皿に取り分けた。

右に座るウーが、ベトナム語で表記された赤い小さなボトルをテーブルに置いた。

「塩コショウで味付けしてありますけど、スイートチリソースもあります」

手に取ると、裏に日本語で書かれた成分シールが貼ってあった。複数の安定剤と人工甘味料の表示を見つけたため、使わないことにする。

「シンプルなままで食う」

紙皿に添えられた竹箸を使い、口に運んだ。

「ハッハー、悪くねえ」

正直、味はよく分からない。しかし、同じ釜の飯を食えば、こいつらも口を開きやすくなるだろう。

「グエン。大学のほかに、本土ではバイトをしてたのか？」

「コンビニで働いてました」

「確か留学生は、週に二十八時間までのバイトが認められていたな」

「でも、守っていた人は少ないです。かけもちしないと、やっていけませんから。僕も、週末はビルの清掃をしてました」

「ヤバいと思った時に、どうして諦めて、ベトナムへ帰らなかった？」

「無理です。留学生でも実習生でも、僕たちはベトナムを出る時、斡旋《あっせん》業者から手数料を取られます。ほとんどの人はお金がないから、借金になります。僕の場合、大体百万円でした。あとから違法な金額だと分かりましたが、もう遅いです。それに加えて、学費もあります。それを返さなければならないんです。利子もあります」

ウケるぜ。搾取されまくりじゃねえか。さらに実習生の場合は、日本で働いた給料から監理団体にピンハネされている。本土の国民も搾り取られる羊だが、放牧されてるだけマシだ。こいつらは、ラベルが付けられ、逃亡が許されねえ。

「島へ来て何年になる？」

「ここでは二年目、日本全部で五年目です」

「それじゃあ、とっくに留学生の資格はなくなってるな」

グエンの唇が震えた。

「ハッハー。心配すんな。俺は、まともな警察官じゃねえ。不法滞在ぐらいで、入管にチクったりはしない。お前は、いいやつそうだからな」

グエンの目に光が灯った。

単純な野郎だ。

「ウー。お前は、ナースだったな？」

「そうです。私も、島は二年目です。日本は全部で三年目です。病院では看護助手で、そのあとの介護施設では職員として働いていました」

「立派だな。そのふたつの職場は、どうなったんだ？」

「ひとつ目は、感染症の補助金の不正受給で、働き始めてすぐに、病院長が捕まりました。お金を自分のことに使っていたんです」

　全国で蔓延《はびこ》っている事案だろう。なにせ、感染症の予備費のうち十一兆円以上が使途不明だ。私的流用し、素知らぬ顔でリッチに暮らしているやつらがごまんといるに違いねえ。

「ふたつ目のところは、赤字で、潰れてしまいました」

「お前のような人材こそ、日本の宝になるべきなのにな。それがこんな島へ流れ着いて、哀れだよな」

　ウーは目を赤くすると、眼鏡を外し、指先で涙を拭った。

「ウー。ここへ来ているベトナム人を斡旋した団体は、全部同じところか？」

「はい。手続きしてくれたのは、大神様です。天乃家のみなさんです」

「理事長は誰だ？」

「タゴリヒメ様です」

「えぐいな。天乃家の運営する団体が、経営者が同じこの製油会社にお前らを斡旋して、働かせるわけか」

　神の一家が、よくやるぜ。

「――さて、ホアン」

　正面を見据えた。今までの二人とは異なり、自然と力がこもる。

「てめえはここへ来て、何年目だ？」

「三年か、それくらいだ」

「そうか。じゃあ、この島へ来た理由に、例の感染症騒ぎは関係ねえな」

力を抜くように、ホアンが視線を外す。

「どこかに勤めていて、そこが感染症で立ちいかなくなり、仕方なくこの島にやって来たわけじゃねえ。そうだな？」

念押しするように確認した。

「そっちはどうなんだ？　まともな警察官じゃないんだろう？　どんな不正で、ここへ飛ばされたんだ？」

にやけ顔で、ホアンがほざきやがった。

甘やかすのは終わりだ。ニューナンブM60を引き抜き、相手の額に銃口を押し付ける。

「耳あかしかねえ脳味噌を、吹き飛ばしてやろうか？」

緊張した面持ちになったホアンは、目をしばたかせている。

銃口を上に向け、銃底を相手の脳天に振り下ろした。

鈍い衝撃音が鳴り、ホアンが両手で頭を抱えて前屈みになり、呻《うめ》く。

すっきりしたぜ。だが、やりすぎはよくねえ。一旦腰を下ろす。

「俺を甘く見るなよ。てめえの素性は、とっくに調べがついてる」

スマホを取り出し、ブックマークしてあったページを表示すると、相手へ向けた。

「見えるか？　昔の報道記事だ」

右手で頭を抱えたまま、ホアンは一瞥《いちべつ》もくれない。

「じゃあ、読んでやるよ——今年の秋頃から、関東各地で起きていた豚などの盗難に絡み、今月末、ベトナム人たちの逮捕が相次いだ。まず九月二十四日、神奈川県座間市に住む十一人のグループが不法残留による難民認定法違反で、二日後の二十六日には、別の五人が無許可で豚を解体したとして、と畜場法違反の容疑で逮捕された。彼らは同じグループに所属していると見られ、大規模な連続窃盗事件に関与している可能性が高い」

ホアンの額に深い皺が寄った。

グエンとウーは、ともに深刻な面持ちになり、ホアンを見つめた。

「——ベトナム人が母国語で利用するSNSのコミュニティーでは、子豚が二、三万円で、十キロ以上の豚だと倍以上の値段で売られていたという。ほかの家畜や果実なども扱われており、繁盛していたようだとさ」

グエンが、「怪しい噂は、ひっきりなしにSNSに飛び交っていました」と口にする。

「記事では、ベトナムにはハレの日に子豚を丸ごと焼いて食べる習慣があると書いてある。ティットクアイというらしいな。日本では子豚は丸ごと売られていないため、犯人たちは同胞へ向け、こういった闇ビジネスを思いついたと解説されてるぜ」

ウーが、「本物のティットクアイなんて、もうずっと食べていない」と小声で言った。

恨めしそうな顔つきで、ホアンが俺を見ている。

「このグループのリーダーは、お前だな。そうだろ、ホアン」

「今日は暑いな」

視線を外したホアンが、わざとらしく右手で顔をあおいだ。

「お前は、二人とは違う。自ら進んでこの島に逃げてきたんだ。ここなら、警察のマークからも逃れられるからな。ハッハー、イノシシの捕獲が上手いわけだ」

ホアンは、欠けた前歯を覗かせ、両眉を吊り上げている。飢えたヨウモリみてえだ。

「俺に従った方がいいぞ。お前はもう、ここで生きていくしかない。本土に上陸できねえということは、正規のルートじゃベトナムにも帰れねえ」

左目を細めたホアンが、苦々しげな顔を向けている。

「ただし、今でも密《ひそ》かに盗品ビジネスを続けているなら、許さねえ。俺をさしおいて、うまい汁は吸わせねえ。どうなんだ？　今でもスマホを使って、本土の仲間に盗みを続けさせ、日本の同胞に売ったり、ベトナムに送ったりしてるのか？」

ホアンが視線を合わせてきた。

「──ある自動車整備工場では、手取り八万で、朝から晩まで毎日働かされた。あるメッキ工場では、三食付きだと言っていたのに、食事はいつも、カップラーメンひとつだけだった」

この馬鹿、今さらなに言ってんだ。同情を誘うつもりか。

ホアンが下卑《げび》た笑みを向けてくる。

「俺も、可哀《かわい》そうな実習生の一人だ。被害者だと思わないか？」

「笑わせんな。ダサいタトゥーを見せびらかして、なにが可哀そうな実習生だ」

黒いTシャツから覗く左腕、肘の内側の窪みに、巣穴に潜るように尾を向けたサソリの姿が彫られていた。

「俺には分かるんだよ。てめえは根っからの犯罪者だ。どうせ貧民街の出身で、パスポートも、日本語能力試験の合格証も、在留カードも運転免許証も、なにもかもが偽造のはずだ。違うか？」

右手で腹を押さえながら、ホアンが前のめりになり、顔を歪めた。

「ディエン アー（馬鹿なのか）？　書類の偽造なんて、まじめなこいつら二人もやってるよ。そうしないと、日本に来られねえんだよ」

この羊たちも、腹は黒いってか。おもしれえ。

「グエン。こいつの言ったことは、本当か？」

「恥ずかしながら——日本の留学ビザは、経済的に裕福な外国人に限って、発給されます」

「お前ら貧乏人には発給されねえわけだ」

「はい。それでも留学したい場合は、斡旋業者経由で行政や金融機関の担当者に賄賂を渡して、改ざんされた親の年収証明書や、預金残高証明書などを発行してもらうんです」

グエンは伏し目になっている。屈辱と諦観が混じり合った表情だった。

「ウー、お前はどうなんだ？　書類の偽造なんて必要ねえだろう」

「そんなことはありません。実習生には、母国で就いていたのと同じ仕事に日本でも就いて、帰ったら復職しなければならない決まりがあります」

下らねえルールだぜ。

「でも、実習生になりたいみんなは、農家出身です。私も同じです。だから、斡旋業者に頼んで、職務経歴書や履歴書などを偽造してもらうんです」

「ウケるぜ。お前ら全員、犯罪者じゃねえかよ」

遠くから、島民の男が搾油所の方へ向かってくる。建物は中で仕切られていて、正面入り口付近から左手奥の方に、区切られた小部屋のドアがあった。俺たちを迂回《うかい》するようにして、男は奥の小部屋の方へ向かっている。

中から三十代に見えるベトナム人の女が出てくると、男に寄り添った。こいつらにも、売春させてるのか。

男が、客なのか、女衒《ぜげん》なのかは、はっきりとしない。いずれにせよ、卑《いや》しい臭いがまとわりついている。

いつの間にかウーが女のもとへ近寄ると、両手で肩をさすりながら、慰めるようになにやら言葉を掛けた。比較的年齢が上で、日本での生活にも慣れているウーは、この女どものメンターなのだろうと察した。

立ち上がり、二人の方へ歩み寄る。

「駐在の前で、よくやるぜ。舐めてんのか、おい」

男が目を丸くした。飯を食っていた俺に、気付かなかったか。それとも、ベトナム人だと思っていたか。

「正直に言え。料金はどうなってる？　置屋の取り分は？」

男が答える前に、駆け寄ってきたホアンが言った。

「クイー　オン　クアイ　クイー　ナオ　テー」

後ろから、心配そうな顔をしたグエンもついてきた。

「グエン、どういう意味だ？」

「――何様のつもりだ、って」

「ここの女たちの商売を仕切っているのは、俺だ」

唾をまき散らしながら、ホアンが威嚇してくる。

「ボス猿の役目は終わりだ。残念だが、今日から俺の商売になった。ハッハー」

「チェッ ティエッ（畜生）。日本のポリスはギャングじゃねえか。前のやつも、見逃す代わりに金を要求しやがった」

ホアンの言葉に、船内ですれ違った前任者の卑しい面を思い出した。

悪口雑言を吐くと、ホアンは搾油所へ向かい、壁に立てかけてあった七十センチほどの柄が付いたシャベルを手にして戻ってきた。

「チェット ディー（死ね）」

両手で柄を握って振りかぶると、ホアンが先端の刃をぶん回してくる。垂直、左右斜め上から、頭を目掛けて連続で振り下ろしてきた。

恐怖はない。後ずさり、半身をひねり、冷静にかわしていった。

ホアンは早くも息が上がっていた。それでも、すぐにまた振りかぶり、攻撃を仕掛けてくる。

愚か者への哀れみと、余裕を見せつけるためにも、あえて立ち止まった。

垂直に振り下ろされるシャベルを、頭だけを左へ倒し、右の僧帽筋《そうぼうきん》で受け止めてやった。まったく痛みを感じず、筋肉の厚みで刃の方がバウンドする。

「真理を教えてやるよ」

　さすがにぶん回すのを諦めたのか、ホアンはシャベルを腰の位置で槍《やり》のように構え、顔面を狙って突いてくる。

　落ち着いたまま、ライフルを突きつけられた時と同じように対応した。隙を見て踏み込み、まずは左手で刃の根元を払うようにして右へそらした。そのまま右の脇で柄ごと抱え込むと、すくい上げるように左掌で股間を殴打する。

「チンピラじゃ、特殊部隊には勝てねえ」

　くぐもった声を出したホアンは、左手でシャベルを杖のようにしながら、右手で股間を押さえ、踏ん張っている。

　甘い、甘い、甘い。底辺犯罪者が相手じゃ、乱取りにもなりやしねえ。

　すべてが生ぬるかった。この際だから、ホアンにも、農民どもにも、格の違いを教えてやろう。

　搾油所の壁際まで歩いていき、転がっている青い小さな電気ドリルを手に取った。

　都合がいいことに、先端には十五センチほどのビットが取り付けられている。

　前屈みに呻き続けるホアンの前まで戻り、「てめえの足を工事してやる」と宣言した。

　トリガースイッチを引くと、音を立てながら回転するドリルビットを、躊躇なくホアンの右太ももの外側に突き刺してやった。

赤い温泉を掘り当てたように、血飛沫《ちしぶき》が美しく噴き上がる。

耳を突き破りそうな声で、ホアンが絶叫した。

「感謝しろ。動脈は外してやったぞ」

ホアンは倒れ込み、右の太ももを両手で押さえながら、七転八倒している。

複数のベトナム女が金切り声を上げた。

周囲が騒然とし、うるさくて仕方なかった。

「黙れ。静かにしろ」

誰にともなく命令したが、騒ぎは収まらない。

仕方ねえ。

革帯右側のホルスターからニューナンブM60を抜き、天へ向けた。親指で撃鉄を起こすと、電気ドリルと同じように軽い気持ちで引き金を引く。

轟音《ごうおん》が鳴り、淡い煙が漂った。

俺にとっては線香花火だが、農民どもには衝撃だったようだ。どいつもこいつも、嘘のように静まり返っている。

「俺が黙れと言ったら、黙れ。俺の命令には従え。分かったたな」

苦悶するホアン以外、慌てた子犬のような目で俺を見ている。

「天乃家のやつらじゃなく、今日から俺を崇めろ」

農民どもの顔つきは緊張に満ちていた。

「どうせ、お前らは奴隷だ。必ず誰かの下につく。だったら、俺を選べ。天乃家より、甘い汁が吸えるぞ」

右前方にグエンの姿を認めた。目を見開き、唇を震わせている。

「この島は、必ず俺のものにする。俺を、信仰しろ」

グエンの近くで立っていたウーは、涙顔だった。

「女ども、安心して体を売れ。お前らを、安いビッチにはしねえぞ。今までより割高の金をバックしてやる」

グエンが呟く。

「ここは、地獄の島だ」

*

淀《よど》みのない青空はフェスティバルにふさわしかった。

今日は、トヨタマヒメ祭りの開催日だ。場所は、島の南西に位置する大きな岬だった。人民居住区と大神田の境界線付近にある崖から、桟橋のように海へ突き出している。このあたりの海流は、島周辺の中で最も暖かいはずだ。

岬の突端に、すでに島民どもが終結していた。一角には和太鼓が置かれていて、ふんどし姿で鉢巻きをした男が両手に撥《ばち》を持ち、傍らに立っていた。中央には柚介と遊太の姿が見える。

人垣の中を進んでいくと、左側前方にグエンとウーの姿を見つけた。

柚介と遊太が、それぞれ手にしている青いバケツをひっくり返し、約三メートル下の海面へ赤黒い液体を注いでいた。

「バケツの中身はなんだ？」

左横のグエンに聞いた。

「いろんな家畜の血です。サメをおびき寄せるんです」

右隣へ、ホアンが近づいてくる。数日前の仕置きのせいだろう、少し足を引きずっているが、大したことはなさそうだった。

「銃を使うなんて、きたねえぞ」

「ハッハー。勘違いするな。てめえレベルだと、両手もいらねえ」

「メ　キエップ（くそ）」

「おとなしく、俺についた方がいい。お前程度のチンピラじゃあ、この島を統べることはできねえ」

二人が血を注ぎ終えると、島民が静かになった。裸の男が、ゆっくりと和太鼓を打ち鳴らし始める。

「おいでだ」

島民の言葉に振り返ると、奥の方から人の列が歩いてきた。先頭は白装束に身を包んだ女だった。右手に神楽鈴《かぐらすず》を持ち、涼やかな高音を鳴らしている。篠笛《しのぶえ》を右脇に抱えた同じ格好の女が続き、三人目に癒阿の姿があった。由依はいないようだ。理由は、この間の写真を見た時から分かっていた。

次に見えてきたのは趣味の悪いブツだった。縦横ともに一メートルに迫る大きなサメの頭の剝製が、大きく口を開けたまま続いてくる。神輿《みこし》に載せられて、前後二人ずつ、四人のふんどし姿の男どもが担いでいた。

巨人のあら汁にでも使う気か？

予想もしなかった出し物に、吹き出しそうになった。

「トヨタマヒメ　かんながら守り給《たま》い　さきわえたまえ」

担ぎ手たちの野太い声で、同じ文言が繰り返される。

「グエン、ウケるぜ。サメがしゃべってんぞ」

「あのサメの頭は、ご神体です。剝製でも、何度見ても怖いです。あんなサメに襲われたら——」

「かまぼこ、百人分にはなりそうだな」

一行が突端に到着した。

ゆっくりと、癒阿が一歩、海の方へと踏み出す。

ホオリノミコトガ　ヒガゴト　オカシ　オノコロジマトノ　キャウヲ　セキトドム
トヨタマヒメガ　ワタツミソコヒト　マタ　コニ　キタマヘ
トヨタマヒメ　ネガワクハ
ヨソヤノモト　ホグシノチ
ミナミノカガミ　オノコロジマ

祝詞の奏上が終わると、柚介と遊太が縛られた生贄を海へと放り込んでいく。各々がイノシシ一頭とニワトリ三羽ずつだった。定めを悟っているのか、生贄は耳障りな鳴き声を上げている。

「ホアン、悪事が役に立ってよかったな。イノシシは豚の原型だからな」

「豚やイノシシ獲るぐらい、畑仕事と変わらねえ」

沖からやってくる仲間の目印になるかの如く、サメの神輿は岬の淵《ふち》で下ろされた。

和太鼓の音が大きくなっていき、腹に届く重低音が響き渡る。

しばらくの間、島民どもと一緒に海面を眺め続けた。

やがて、大きな黒い影がふたつ、一定の間隔をおいて海中を横切るようになった。

黒い影の速度が落ちるにつれ、正体が露《あらわ》になる。二匹のサメだ。体長が三メートルを超えている。縞《しま》模様が透けて見え、若いイタチザメ、英名タイガーシャークだと分かった。

二匹のイタチザメは旋回を続けながら、鳴き続ける二頭のイノシシを鼻先で持ち上げるようにすくい上げている。典型的なシャークアタックだ。

唐突に、海面が赤く染まる。一匹のイタチザメがイノシシの右前足を食いちぎった。それが合図かのように、もう一匹も反対側から右の後ろ脚を嚙み切っていった。

「手足ばらされて、もがいてんぞ」

「さばけ、さばけ。まだまだくえんもん、残っとんぞ」

イノシシの末路を目にした島民が興奮してやがる。

さすが猿どもだ。品性の欠片《かけら》もねえ。

海面へ視線を戻すと、T字型の影が割り込んでくる。ハンマーヘッドの英名を持つシュモクザメで、体長はイタチザメよりも少しだけ大きかった。不気味な頭部を海面から突き出すと、立て続けに二羽のニワトリを丸飲みにしてみせる。

最後に姿を見せたのはホオジロザメだった。体長は六メートル近くもありやがる。

情のない黒光りする目玉を覗かせると、大きなひと嚙みで瀕死《ひんし》のイノシシを捕らえ、海中へ引きずり込んでいった。

残った一頭のイノシシへ、二匹のイタチザメがシャークアタックを続けている。周りを旋回しながら、少しずつ食いちぎっていく。

そこへ、シュモクザメも参戦した。あたりをうろうろしながら、時折イノシシへかぶりついた。

物足りないのか、すぐに巨大なホオジロザメも戻ってくる。

祭りのたびに定期的に餌付けをする形になり、これだけのサメが来るのだろう。

すでにイノシシの姿は見えなかったが、四匹のサメは固まるように旋回を続け、いつの間にか互いに攻撃を仕掛け合っていた。

少しすると、一匹のイタチザメが瓜《うり》二つの相手の腹にかぶりついている。

「共食いを始めやがった」

島民の一人が声を出した。

俺を、この中へ放り込むだと？　ふざけるな。

怒りながらも、万一の事態に備え、シミュレーションした。特殊部隊時代に、水中でいかなる事態にあってもパニックにならないよう、訓練を受けている。アメリカ海軍特殊部隊のシールズも採用している方法で、巨大なプールに四肢を縛られた状態で放り込まれるものだ。

この海域は比較的浅く見え、岩場も多い。放り込まれたら、垂直状態を保ったままで一刻も早く、海中の岩を利用して両手を縛っている縄を切断するべきだ。そうすれば、あとはどうにでもなる。

不意に、後方からただならぬ気配を感じた。

振り返ると、ふんどし姿の四人組が、なにやら肩に担いでこちらへ向かってくる。担いでいるのは神輿ではなかった。竹と麻縄で作られた、簡素な檻《おり》のようなものだ。

「あいや、見せしめの刑だ」

「あのあにー、はなをしでかしおったそうだ」

島民どもが色めき立っている。

檻の中には、両手を後ろで縛られ、正座させられた、老いた男が入れられていた。頭頂部だけが禿げている白髪の長髪で、七十歳近くに見える。なにか言っているが、猿轡《さるぐつわ》をはめられているので、聞き取れない。

檻は、天乃家の三人の前で下ろされた。

「お前は長年にわたり、実の娘を犯し続けていた。また、近所の婆さん相手にも、わいせつな行為を繰り返した」

柚介が罪名を告げるように口にした。

けっ。趣味の悪い猿だぜ。

「お前には、警告の猶予は与えない。だが、人を殺《あや》めたわけではないため、いきなり死刑にもしない。よって、檻の刑に処す。アマテラス様、よろしいですね？」

柚介が確認すると、瘉阿は黙ったまま首肯《しゅこう》した。

「今から海中に檻ごとお前を落とす。一時間経っても生きていたら、無罪放免にする。トヨタマヒメ様が許してくださったということだ」

ふんどし姿の男たちが、周囲にあった比較的大きな石を両手で持ち、檻の隙間から中へ入れていた。重しにするのだろう。

「もういい」

柚介が声を掛けると、ふんどし姿の男たちは手を止め、後ろへ下がっていった。

柚介と遊太が、檻を挟むようにして、両側から持ち上げた。そのまま岬の端の方まで歩いていくと、なんの躊躇もなく空中へ放り投げ、水飛沫《みずしぶき》が上がった。

罪人は、くぐもった声を出しながら、必死に立ち上がろうとしている。しかし、両足首も縛られているため、上体を伸ばすことしか出来なかった。それでも、ぎりぎり海面から顔だけは出せる設計になっている。

檻の隙間からサメの口先は入りそうだ。一時間にわたるサメどもの攻撃に耐えられる確率、あるいは、一時間以内にやつらが飽きてこの海域から撤退する確率は、せいぜい五十パーセントだろう。

島民が固唾《かたず》を呑んで海面を見守っているため、少しの間、静寂に包まれた。

癒阿を先頭に、天乃家の三人が引き返してくる。

歩み寄り、相手の右斜め前方から癒阿を睨みつけた。

「ハッハー。お前は聖女だと思っていたが、やる時はやるんだな」

漆黒の瞳で見つめながら、癒阿は無言で去っていった。

サメの頭の神輿が再び上げられると、

「お戻りになられた。ヒメが、オノコロに、お戻りになられた」

と、担ぎ手たちが繰り返す。

天乃家のあとを追うように、神楽鈴を手にした女が歩き出した。右腕を上下させ、高らかに鈴の音色を響かせている。続く女は歩きながら篠笛を吹き、トンビの地鳴きのような音色を奏でた。

「お戻りになられた。お戻りになられたぞ」

野太い声を上げながら、最後にサメの頭の神輿が続いた。

不意に、島民どもをからかってやろうと思い立つ。

サメの頭の右側に歩み寄ると、右足を伸ばし、目の前の男の右足を引っかけてやった。

そいつを皮切りに残りもバランスを崩し、サメの頭の剝製は左側へ転げ落ちた。

すかさず両手で抱え上げ、突端の方へ戻っていく。

「この、ばはっけめ。ご神体じゃぞ」

「早く山車《だし》に戻しんさい」

周りの島民どもが怒鳴ってくるが、一切無視する。

突端へ到達すると、歯を海へ向け、サメの頭を限界まで高くかかげた。背を反らして反動をつけると、海面へ向かって思い切り放り投げてやった。

驚きの声を上げる島民どもに、「奇跡が起きたぞ」と伝えてやる。

「ハッハー。島の神々の力で、頭だけのサメが、海に戻っていったぞ」

島民どもがすぐ後ろに迫ってきた。

「なーしんだ。トヨタマヒメ様が来なくなるじぇ」

「誰か、大神様に伝えてきさい」

ウケるぜ。猿どもが慌てふためいてやがる。

そう言えば、檻の中のジジイはまだ生きてんのか？　まあ、どちらでもいい。

最近は、昼飯時を狙って大神田へ足を運ぶようになった。

大神田へ来るたびに、茹《ゆ》でたブン、炒めたブン、サラダのブンを頬張り、他愛《たわい》もねえ話に興じてやった。こいつらを洗脳し、いずれこの島を乗っ取る時に手足として使うためだ。

今日も、昼飯を終えた順に、農民どもが再び椿の茂みの中へ進んでいく。

やつらの後ろ姿を見送っている時、深い茂みへの入り口の一角に、初めて目にするポールがあった。そこにだけ椿の木はなく、狭い通り道の入り口を示すように二本の鉄パイプが立てられている。

「ちょっと、そっちへ行ったら駄目です」

慌てた様子でグエンが声を掛けてきた。

構わずに、鉄パイプで挟まれた空間を奥へと進んでいく。

やはり、椿の茂みの中に人為的につくられたルートのようだ。両サイドは木々が覆っているが、人がなんとか通ることが出来るスペースが大神山方面へ続いていた。

「戻ってください」

ついてきているのか、後ろからグエンの声が響いてくる。

早足で、まだ見ぬ目的地へ急いだ。

不意に、視界が開けた。いや、新たな空間に出たが、緑の壁が立ちふさがっている。

周囲には青い香りが漂っていた。

「ハッハー。そういうことかよ」

思わず声が出てしまった。背丈が三メートルほどもあろうかという植物は、天狗《てんぐ》のうちわのような特徴的な葉を茂らせている。群生《ぐんせい》していて、四方八方、永遠に続いている。

腕を組み、感心しながら見渡しているすぐ左に、グエンがやって来た。

「この一帯に生えているのは、なんだ？」

「——ワイルドヘンプです」

ここまで来ると、もはや少しずつリンゴの皮をむいている感覚じゃなく、舞台の幕を一気に引き剝がした気分だった。

「思った通りだ。産業ヘンプじゃなく、野生種の大麻だ。元はそこら中に生えていたものを、人目につかないようにここで栽培することにしたんだな？」

「はい。ツーリストがたまに来るので、印象が悪くならないように」

「椿油のほかにも、マリファナまで密造させられていたんだな」

島に上陸した若い二人が柚介たちにしばかれていたが、ガキどもの狙いがなんだったのかようやく理解できた。

「まさかお前ら、手の込んだハシシまで作らされてんのか？」

「それは——」

はっきりとは答えず、グエンは口ごもっている。

「ハッハー。優秀で人がいいお前も、書類の偽造や不法滞在以外に、薬物犯罪にまで手を染めてたんだな」

苦しそうに顔をしかめると、グエンは目を閉じ、体を震わせている。

「おい、どうしてここへ入れたんだ」

狭いルートを抜けてきたホアンが、グエンを問い詰めた。

「僕が案内したんじゃない。中田さんが見つけてしまったんだ」

荒い鼻息を吐くと、両手を腰に当てたままホアンが唾棄する。

正面奥から何者かが向かってくる気配を感じた。背の高い大麻の束が、こちらへ向かって左右に開いてくる。

「なぜ、ここに駐在がいるのかしら？」

姿を見せたのは由依だった。栽培地を定期的に見回っているに違いない。向かって右側に柚介、左側に遊太を従えている。

「においに誘われたんだ。俺も、ちょうど大麻をキメたいところだった」

一歩近づき、由依に正対する。

「大麻は一万年以上前から使われてきた。けどよう、あくまでも、しめ縄や、食料としての利用だろう。神聖な植物を穢して、先祖が泣いてんぞ」

「なにを言ってるのかしら」

「お前らがやってることは全部、こいつらから聞いたよ」

由依が笑った。平然と浮気を認める、下衆《げす》な女を連想させた。

「昔から島に自生する大麻をどう扱うかは、私たちに委ねられているの。どうしようが、すべて島の神々から許可を得てのことなのよ」

「ハッハー。随分勝手な解釈だな」

何事もなかったかのように、三人は大麻の中を引き返していった。

交番へ戻ると、右側の引き戸に見覚えのあるものが貼り付けられている。黄金色に輝く、麻の輪飾りだった。

「仕事が早いな」

あまりの手際の良さに、吹き出してしまった。

俺をサメの餌にする二回目の警告――上等じゃねえか。

＊

極秘会議に参加する谷垣は、登山で言えば中腹を少し過ぎたあたりまで来たのではないかと当たりをつけた。しかし、自分たちは正式なルートではなく、安全性を担保されていない、裏のルートを登っているのだ。

天照島への最終的な上陸作戦を前に、中田の動向、及び現地の様子に関する情報収集について、高田管理官は詰めの段階に差し掛かっていると説明した。

会議室前方のホワイトボードの前、高田管理官の左側には、普段は同席しない五人のスーツ姿の男が立っていた。

「近々、天照島を、厚生労働副大臣である森沢次郎《もりさわじろう》議員が訪れる。外国人実習生の労働環境の視察だ」

高田管理官が説明した。

わざわざ辺鄙な島まで視察に来て、現地の外国人就労状況に太鼓判を押すつもりか。こいつも裏金ルートに繫がっている可能性が高い。いや、森沢こそが実際に大麻を売りさばくブローカーの仲介役かもしれなかった。組織は暴力団とは限らないはずだ。近年の連続強盗事件を見ても分かるとおり、バックは半グレ集団の可能性もある。

谷垣は考えたが、確たる証拠が上がるまではうかつに口に出さないことにした。

「その際に、この五人の者たちを警護の名目で同行させる。無論、彼らの真の任務は島の偵察だ」

最後に谷垣は小さく挙手した。

「管理官。親和連の件ですが――」

「おい、谷垣」

言い終わる前に、高田管理官が声を荒らげて制した。

「その件は、一旦、脇に置いておく。親和連との繋がりは、本庁だけでなく、自国党の政治家、現内閣へと、広がりが大きすぎる。とても、今すぐにどうこう出来るものではない」

ある程度、予想していた反応だった。

「我々の先決すべき課題は、あくまでも警視庁本体を守ることだ。そのためには、本庁への直接的な証拠を跡形もなく消し去ることだ」

一次ルートを消せば、その先への道筋も見えなくなるだろう。

「天照島からの売春と大麻の裏金ルートの痕跡を、徹底的に消し去らなければならない。そうすれば、さらなる上空への大気汚染も自《おの》ずと防げる」

谷垣は黙って首肯せざるを得なかった。

警視庁をあとにした谷垣は国会図書館へ向かった。上陸作戦を決行する前に、今一度、天照島について理解を深めたかった。加えて、浅岡から聞き出した天乃家についても、気になっていた。

館内のコンピュータを使い、天照島のキーワードで、蔵書を検索する。しかし、観光パンフレットばかりで、目ぼしい資料は見あたらなかった。

辛うじて見つけた、「はるかなり天照島」という一冊をカウンターで受け取ると、谷垣は近くの席に腰を下ろし、早速目を通していった。

この島に関する記録は、江戸時代にまで遡る。当時、海上交通が発達し、人口が増えたという。島民は今とさほど変わらない半農半漁の生活を送っていて、三百人近くが暮らしていたようだ。比率は、圧倒的に女の方が多い。

女たちは、立ち寄った船乗り相手に売春をしており、「菜売り」や「把針金《はしりがね》」と呼ばれていた。自ら伝馬船に乗り込み、名目上は畑で採れた野菜を船に売りにいっていたという。「葉いらんの」「葉いらんかな」、そう声を掛けながら、舟に近づき売ったそうだ。こうした利益を求めて、住み着いた女が多かったらしい。

ここが神々の島だという概念については、大昔の「自凋島《オノコロジマ》五社《ごしゃ》太神《たいじん》記録《きろく》」という文献に由来していると書かれている。今はとっくに払い下げられているが、元々この島は御料地だったそうだ。

売春しかなかったこの島に宿泊施設が出来たのは、終戦間際の一九四四年頃だった。本土の方に航空隊があり、そこの予科練が駐屯したことが始まりだという。当時の軍は、約五百人の予科練に対し、二人乗りの回天《かいてん》のような小型潜水艦を隠すための避難壕《ごう》をいたるところに掘らせたのだ。島民は彼らを休ませるため、自分の家に民泊させたり、新たに宿泊施設を建てたりした。

終戦を迎えると、その予科練たちが、懐かしむように観光へ来るようになった。女たちは彼らにもひっそりと春を売り続けた。

一九五七年に防止法が施行されてからも、島では半ば公然と売春は続けられてきた。それが、九〇年代初頭に都内で国際会議が開催されることを機に、表向きには一掃されたことになった。

ほぼ同時期に、地方自治体が音頭を取って「天照島安全観光環境宣言」なるものが打ち出され、島の観光地化が進められた。

その後、世界遺産への登録推薦の声も上がったが、島民の多くが静かな暮らしを守りたいからと反対し、今日《こんにち》に至っている。

売春に関しては、売る方も買う方も罪悪感などなく、単なる日常のひとつになっているのだろう。

ホテルへ戻った谷垣はスマートフォンを手に取った。日明新聞の記者、竹林秀人《たけばやしひでと》に連絡するためだ。

「ご無沙汰しています。警視庁の谷垣ですが――」

竹林は警視庁記者クラブに出入りしており、昔から付き合いがあった。

「ええ。天照島の、天乃家の情報が欲しいんです。どんなことでも構いません。よろしくお願いします」

翌日の午後、フロント気付で封筒が届けられた。

谷垣は部屋に戻り、中身を確認していく。A4の書類には、不鮮明な白黒の顔写真とともに、天乃柚介という男の経歴が記されていた。存在だけは、エス経由で聞いていた。一九八六年生まれで、現在三十七歳。約七年前まで本土で生活しており、当時はブレイブという団体に所属する総合格闘家だったらしい。同団体の、ライトヘビー級のチャンピオンに輝いたこともあるという。

谷垣はノートパソコンを開き、ブレイブのホームページへ移動する。そのまま会員登録を行い、アーカイブで過去の試合動画を視聴した。柚介は百八十センチ前後の筋骨たくましい男だ。動画の中で、二メートル近くもある外国人選手に脇固めをきめ、ギブアップを奪っていた。

この男が天照島に帰島しているのなら、圧倒的な威厳を放ちながら、実効支配しているだろう。

封筒にはもう一枚書類が入っていた。

そこにあったのは、柚介らプロ格闘家が、ブレイブの練習生をトレーニングと称し、交互にスリーパーで絞めて、いたぶったという内容だった。ある種の可愛《かわい》がりだったようだが、結果的に練習生は命を落としてしまった。

この一件がトラウマとなって、柚介は試合でスリーパーを使わなくなり、脇固めや三角絞めできめるようになったという関係者談が紹介されている。

チャンピオンになる前年のトーナメントではこんなこともあったという。実力が拮《きっ》抗《こう》していた相手を、柚介は必死にスリーパーの体勢に持っていった。しかし、なぜか脱力し、逆転負けを喫した。それも、トラウマが発動したからだと噂されている。

確かに、さっきの動画でも、柚介は脇固めで勝利を収めていた。

*

島に来てから早くも二か月が過ぎ、いつの間にか自然の表情を読み取れるようになっていた。長袖でないと肌寒くなった今朝も、日の出前でまだ暗いが、すでに乾いた日向《ひなた》のにおいを感じ取っていた。今日は晴れ渡るに違いない。

トレーニングのために裏庭へ向かうと、珍客が立っている。

「どうした、ウリ坊」

子犬のようなイノシシが、小さな目で見上げていた。

キーッと鋭い鳴き声を上げると、ウリ坊は背後の茂みへと姿を消す。

よからぬことを警告しにきたように思えた。

朝飯を食おうとした時、ポケットのふくらみが邪魔に思え、スマホを取り出した。

ついでに、着信履歴に目を通していく。

本庁からの電話は着拒にしていたが、メールの方は特に気にしていなかった。何気なく、最新のものを開いてみた。

〈通知　×月×日　厚生労働省副大臣が天照島を訪問する。外国人実習生の労働環境の視察のため。従って、警備を要請する〉

ウケるぜ。こんな島へ、税金泥棒が来るのかよ。

来島するのは、俺でも名前を聞いたことがある、どうしようもない野郎だ。


昼飯時を狙い、大神田へと向かう。

いつもの搾油所周辺には人の姿が見当たらない。まだ作業を続けているのかとさらに進んでいくと、微かな話し声が聞こえてくる。大神山方面からだ。

椿の茂みを抜けると、声がする方向を目指した。

ようやく、右斜め前方に農民どもの後ろ姿を発見する。大神山の麓を守護する巨岩の列の一角で、誰かの話を聞いているようだった。

進みながら、農民どもの前方、右手奥の人物たちを左から遠目で確認する。

左端は、おそらく由依。その隣は、右の腰に房飾りをつけているので、柚介で間違いなかった。残りの二人はスーツ姿だった。

「おもしれえ」

ポケットからスマホを取り出し、演説をぶっている相手を撮影しながら歩み寄った。

特徴的なバーコード頭に、太い眉に、赤ら顔――厚労省の副大臣の一人、与党である自国党に所属する森沢だった。厚労省といえば、実習生の監理団体に対する許認可権を握っている。加えて森沢は、数々のスキャンダルや政治家にふさわしくない発言を連発していた。こんなやつが来てるとなると、この島の品位もそれなりってことだ。

「ハッハー。売国――じゃなくて、愛国政治家のご来島だ」

撮影を続けながら、農民どもの最後尾から声を上げた。

右端に立っている男は秘書なのか、揃って間抜け面丸出しで、これでもかと穀潰《ごくつぶ》しの系譜を見せつけられている気分だった。

スマホを手にしたまま農民の間を進むと、森沢の三メートルほど後ろに、スーツ姿の五人組が立っていることに気付いた。現役総理大臣などを警護するSPには思えない。SPだったら、森沢の前方に三人、後方に二人と、フォーメーションを組むはずだ。

「おい、お前ら。本庁の人間か?」

しかし、やつらは黙ったまま、静かに背を向けて歩き出した。

なにかが引っ掛かった。やつらの姿が見えなくなったので、もう一度間抜けな政治家の顔に視線を向けた。

「森沢。こんな島へわざわざ来るのは、隠れて女を食うためか？」

「なっ——」

森沢はあんぐりと口を開けた。

「いや、実習生利権を食ってんのか？　天乃家とタッグを組んでよ。一票入れるから
さあ、俺にもおこぼれをくれよ」

「君は、誰だ」

「駐在だよ」

「なに？　単なる警官が、誰に向かって物言ってんだ。ここにいられなくするぞ」

腹が痛くなる。

「ウケるぜ。俺は地の果ての駐在だぜ。これ以上、飛ばされようがねえ」

森沢は顔をしかめた。

「そうだ。利権の疑惑と題して、お前が島の女をはべらせている映像、どこかに持ち
込んでやろうか？」

大嘘吐いてやった。そんなものはねえ。

「てめえらの臭い息のかかった大手じゃなく、週刊誌や、ネットにだ」

森沢の目の色が変わった。口を閉じ、垂れた頬を小さく震わせている。

「確かお前、都合が悪くなると、すぐにデマだ、フェイクニュースだって言うよな。

でも俺からすれば、こんな離島にまでわざわざ来るなんて話こそ、フェイクニュースであって欲しかったぜ」

「先生。一旦、戻りましょう」

秘書が両手で肩を抱き、促した。

島に似つかわしくないスーツ姿の二人が、天乃家のエリアの方へ歩いていった。

同行した不自然な五人組といい、森沢の来島はどこか胡散臭かった。辺境の地で働くベトナム人のために、副大臣が足を運ぶなんておかしい。

ならば、本当の狙いは――まさか大麻か？

由依が俺を見ながら、呆れるように言う。

「いきがった生徒が、教師に歯向かっているように見えたわ」

柚介が「お前ら、もう行っていいぞ」と正面へ向かって声を掛ける。

農民たちは素直に立ち去っていった。

「なんであんなジジイが来たのか知らねえけどよう、外国人をさらにたくさん受け入れて、ネオジャパニーズにでもすんのかよ？　古の神々は怒るんじゃねえか？」

「神の島を守るためには、政治家との繋がりも必要なの」

「ぺこぺこしやがって、そんな情けねえことでいいのか？　ここは、お前らが神々から任されてる島なんだろ。霊力で従わせればいいじゃねえか。ハッハー」

由依は真顔で俺を見ている。

「遊太はどうした？　本土からの大事な客だから、同席させなかったか」

「失礼なこと言わないで」

頬を上気させながら、由依が目を細めた。

「図星を指されて、頭に来たか」

「違うわ」

視線を外すと、由依が振り返った。

呼ばれたように、柚介が近づいてくる。由依を見る顔つきは、どこか不満げだ。

「弟を侮辱したこと、許さないわ」

「ハッハー。下に見てるのは、てめえらの方だろう？　あいつも同席させればよかったじゃねえか。相手はただのお騒がせ議員だ」

「調子に乗るなよ――お前、少し前にこの付近で発砲したな？」

「記憶にねえな」

視線を落とした柚介が、口元を緩める。

「この島で武器を持っているのは自分だけだと、自惚《うぬぼ》れない方がいい」

見下すようにして、柚介が笑みを湛えてみせた。

だが、特段驚かなかった。

「こんな誰も気にとめねえ島なら、銃器を隠し持つぐらい簡単だろうな」

「理解が早いな」

今度は、こっちが笑顔を返してみせる。

「でも、お前は勘違いしてるぞ」

答えを求めるように、柚介が見つめてくる。

「俺が調子に乗って、自惚れて見えんのは、腰に拳銃下げてるからじゃねえ。素の自分に酔ってるからだ。ハッハー」

待ちきれないとばかりに由依が、「もういい。早く」と、離れた背後から声を荒らげた。

険しい表情に一変し、さらに間合いを詰めてきた柚介が、

「この手で、人を殺したことがある」

と、両拳をかかげながら口にした。

「嘘吐くんじゃねえ」

「本当だ」

約八十センチ先の正面に立つ柚介は、答えると同時に大きく右の拳を振り下ろしてくる。石を全力で投げるようなフォームだった。本気で潰しにきている。

けれど、今日は過去の対戦と比べて調子が良かった。相手の大振りを右へステップ

してかわす。

「俺も人を殺したことがあるぜ」

日々のトレーニングの賜物《たまもの》で、体力がピークへ戻りつつある。

「ハッハー。こっちはガチだぜ。実戦訓練で、外国の特殊部隊員を殴り殺した。お前の話が本当なら、人殺し同士のタイマンだな」

すぐに踏み込み、左耳へカップドハンドを叩き込んだ。右手をカップのように窪ませた形にすると、脳を揺らすだけでなく、空気圧による鼓膜の破損も狙える。

苦しそうに、柚介は一声漏らした。上体をぐらつかせたが、踏ん張り、左手で左耳を押さえている。

「効いたよな。格闘技にはない技だ」

相手を観察した。出血してない。鼓膜が破れるまでには至っていない。

体勢を立て直した柚介が、オーソドックスの構えをとった。

応じるべく、左前屈立ちの姿勢をとる。

柚介の右の拳が小さく動いた。

ジャブを放つのだろうと、上体を右へそらした。フェイントだった。でかい図体《ずうたい》の割に動きが素早いため、引っ掛かってしまう。

大きく踏み出した柚介が、左腕を真っ直ぐに振り下ろしてくる。

急所のみぞおちを狙っているのは明らかで、それだけは避けなければならない。

左の大胸筋で受け止めようと咄嗟に腰を落としたが、間に合わない。それでも、胸郭の中央付近で受け止められたため、ラッキーだった。

重いダメージに耐えていたが、じっとしているわけにはいかない。相手の連続攻撃を止めるため、左手すべての指を伸ばし、右目を狙ってフィンガージャブを繰り出した。指先に、硬いゴムボールを押し込んだような手応えを感じた。

「この野郎」

不満極まりないといった感じで、突かれた箇所を押さえながら柚介が声を出した。

フィンガージャブは、これだけで決着がつくことは少ないが、相手の勢いをそぎ、体勢を整える時間を稼ぐには効果的な技だ。

「目を狙いやがって」

「ウケるぜ。リングじゃねえんだ。レフェリーもいないぜ」

パンチのダメージは消えていた。

右目をつむったままの柚介が再び構えた。

次は、俺が先手を取る。

左手の攻撃と見せかけながら左足で大きく踏み込み、右のアッパーカットを見舞ってやった。注意したことはふたつ——脇を締めて掌部分がきちんと自分の方を向いていること、人差し指と中指の根元の関節と前腕部とが綺麗な直線になっていること。

がつんとした、顎を打ち抜いた強《したた》かな感触を覚えた。

柚介は釣り上げられた魚のように顔を上に向けた。覚束《おぼつか》ない足取りで後退していく。

コミカルな動きだが、それでも立っていられるとはさすがにタフだ。

顔中に玉のような汗を噴き出しながら、両手を頭の横で構え、柚介がにじり寄ってくる。前進を続けると、右のフックを繰り出してきた。

大仰なハンマーパンチだったため、左腕を上げてブロックしながら十分に見切ることが出来た。

それでも、柚介の体重の重さにより、体が少しだけ右側へ持っていかれそうになる。

なんとか踏ん張った。相手の左頰に右のショートフックを放つ。拳での攻撃で重要なのは、大きく発達した人差し指と中指の根元の関節でのみ、相手を仕留めようと意識することだ。拳のよっつの関節のうち、このふたつ以外がヒットしてしまうと、こちらが骨折するリスクが高まってしまう。

不意をつかれた柚介は、今度は強かに尻をついた。すぐに立ち上がり、再びファイティングポーズをとる。

満足していた。身長差もある百キロを超える相手と、徒手格闘でここまで戦えている。現時点では十分な出来だ。

柚介が右足で前蹴りを放ってきた。

重い動きだ。簡単に左脇で抱え込む。

だが、誘い水だった。右足を抱えたまま距離を詰め、右手で相手の胸板を押して倒そうとした俺の上体を、柚介は覆いかぶさるようにして右肩ごと抱え込んでくる。

前蹴りは、俺との距離を縮めるための、餌だったのだ。

こいつは、首への攻撃が得意だった。

警戒を怠ったことを悔やみながら、上体を細かく左右に振り続け、脱出を試みた。けれど、ロックががっちりとかかり、びくともしない。フィンガーロックを仕掛けようとしたが、体勢が悪く、力が入らなかった。落とされる心配はなかったが、このままの状態が続けば激しく体力を消耗する。

どうするべきか。思いあぐねていると、突然、柚介の力が抜けていった。前回と同じだ。

おかしい。勝機を見逃さず、両手で相手に組み付き、右足を相手の左足の内側に掛けて、押し倒した。

こいつ、人を殺したことがあると言ってた。思い当たる節がある。過去にブレイブの道場で練習生が死亡したという噂だ。スパーリング中の事故とのことだが、実態はいじめではなかったのかとネットで騒がれた。それがトラウマで、きめきれなくなったか。

「お前、絞め技で練習生を可愛がり過ぎて、やっちまったな？」

柚介の目が泳いでいる。馬乗りになり、相手の両手首をつかんで押さえつけながら、しかし、戦いで研ぎ澄まされている五感が不気味な気配を察知する。

左手上方、大神山の山腹からだった。視線を向けると、黒い人影が斜面を上がっていく。

誰だ？

不審者の気配に注意が向いた一瞬の隙をつかれ、下から柚介に手首を握り返され、体を跳ね上げられ、左へ一回転するようにしてマウントをとられた。

「おい」

「ギブアップか？」

「そうじゃねえ。山の中に、誰かいたぞ」

柚介は決して力を抜かず、確認するようにちらりと見遣る。

「──忘れた方がいい。お前が見たのは、人じゃない。聞いたはずだぞ。あのあたりは禁忌区域で、霊が宿っている」

そんなはずねえ。

こちらへ向かって歩きながら、由依が「もういいわ」と告げた。

柚介は、一瞬目を合わせると、立ち上がった。

＊

「分かっていたことだが、本当にあいつは、どうしようもない馬鹿者だな」

言葉とは裏腹に、高田管理官はどこか満足げな笑みを浮かべている。

今日も、極秘会議が開かれていた。壇上の高田管理官のほかに、出席者は谷垣を含む五人の黒子だけだ。

「内通者からの報告によると、昨日、厚生労働副大臣、森沢の視察を、中田が邪魔したようだ。相手を怒らせ、その後、天乃家とも悶着《もんちゃく》を起こしたらしい」

勝ち誇った顔つきで、高田管理官が説明した。

谷垣は心境が理解できた。そもそも中田が暴走しなければ、自分たちが上陸する大義名分が立たなくなるのだ。

不意に、前方右側のドアがノックされる。

顔をしかめながら、高田管理官が向かった。開口部から外の相手を確認すると、真顔に戻り、ノブの上に設置されたキーパッドを操作し、開錠した。

現れたのは野尻だった。

谷垣を含む四人は席を立ち、敬礼した。

「ご苦労様。聞いてもらいたいことがある」

野尻が壇上に立つと、高田管理官も向かって左隣に並んだ。

「昨日、私のもとへクレームがあった。官邸からだ。天照島へ視察で赴いた厚生労働副大臣を、例の駐在がからかったそうだ」

官邸からの連絡となると、森沢は窪塚に伝えたということになる。ともに、島からの裏金を享受している仲間に違いなかった。

「ご心配には及びません。計画通りに進んでいるということです」

高田管理官が進言した。

「もちろん、分かっている。一応、君たちの耳にも入れておこうと思った次第だ。それにしても――」

野尻が目を細めた。口元が歪み、頬に赤みがさす。

「森沢は、浅岡のルートから賄賂を受け取っているはずだ。下劣な分際のくせに我々にクレームを入れてくるとは、まったくもって不快極まりない話だ」

谷垣は大いに同意した。

今は、こんなことを考える時ではない。しかし谷垣は、汚い利益を貪ることをやめない森沢のような連中にどうにか鉄槌《てっつい》を下せないものかと、唇を嚙んだ。

こびりついた油汚れを食らい続ける、ゴキブリのような連中だ。

＊

名産品が作られる工程など全く興味がない。だから、これまで農民どもの仕事を事細かに観察したことはない。

天照島ブランドの椿油は、よろずや屋で並べられているのを見たことがあった。同じく椿油が名産の大島でも売られているはずだ。最も売り上げが多いのは本土だろうが、小洒落《こじゃれ》た瓶に詰められた商品を目にして、まさかベトナム人の泥臭い作業の賜物だとは夢にも思わないだろう。

手持無沙汰だったので、午前中に大神田へ向かう。こいつらの仕事の流れをじっくりと見てやろう。

椿の実の完熟期を迎えて久しいため、仕事は収穫だけにはとどまらなかった。搾油所の近くでは、ウーを含む三人の女がカラフルな屋台椅子に腰掛け、収穫した実の殻を手作業で取り除いていた。

すぐ近くでは、大きな青いビニールシートが何枚も敷かれ、大量の実が並べられている。天日干ししているのだと想像がついた。

麦藁帽子《むぎわらぼうし》を被った男がビニールシートの上を歩き、時折腰を屈めていくつかの実を手にした籠に入れている。

「何日干すんだ？」

ビニールシートの手前から、少し声を大きくして投げかけた。

「四日か、五日です」

「お前はなにをしている？」

「セレクトしてます。駄目なものを、取っています」

「ウケるぜ。お前らだって、粗悪品のくせに」

搾油所の中へと向かう。

製造作業の只中《ただなか》だからだろう、蒸気が充満していて一歩足を踏み入れただけで蒸し暑かった。搾油に使用される機械類は作業台を挟んだ奥に並べられていて、ホアンとグエンが汗を流していた。鉄製に見える機械類はどれも黒く煤《すす》けたようで、かなりの年季が入っていた。

ホアンが、「グエン、とっとと潰せ」と声を上げた。

奥の左端付近に、乗用車のホイールのような車輪にクローラを通した機械があった。それを使い、中腰のグエンが次々と実を粉砕していく。

一定量潰し終えると、グエンは大きなざるに掻き入れ、両手でホアンのもとへと運ぶ。中央付近にある機械は、巨大な蒸籠《せいろ》を二台重ねたような形をしていた。やはり、蒸気で蒸すのだろう。

グエンからざるを手渡されると、ホアンは一旦近くに置いた。

「おい、ホアン。どれくらい蒸すんだ？」

「二十分だ。もうすぐ、さっきの分が終わる」

ホアンは、蒸籠のような機械の上の部分ごと抱え上げ、そのまま右端付近の樽型の機械へと進んだ。そこへ、蒸し上がった実を流し込んでいく。

想像以上にホアンの手際は良かった。各装置の取り扱いにも慣れているようで、本当に自動車整備工の経験があるのかもしれなかった。

見世物自体はつまらないが、奴隷どもの必死こいてる労働を優雅に眺めるのは悪くない。

「これで油にするんだな」

「そうだ。玉締め機で、抽出する」

濃い色をした油が、バケツの中へ注ぎ込まれる。

抽出が終わると、ホアンはバケツを手に持ち、右の壁際にある直方体の機械へと向かった。

「こいつはなんだ？」

「ラスト、フィルタリングだ。不純物を取り除く」

上部の注ぎ口から流し込まれた濃い色の油は、下部にある出口に現れる時には澄んだ色合いに一変していた。

作業台の端では一人の女が黙々と仕事をこなしている。濾過《ろか》された椿油をひしゃくですくい、漏斗を使って一本一本瓶に注ぎ込んでいく。

容器に詰められていくシャンパンゴールドのオイルには、多くを搾り取られているこいつらの、屈辱の汗が注がれているようだった。


地図で見る分には狭かったが、徒歩ですべてを巡るとなると、天照島はかなり広い。一通り見て回ったつもりでいても、まだまだ足を踏み入れたことがない区画、気付いていない一角がある。

搾油所の見学を終えた午後――今回もそういったスポットを見つけた。天乃家のエリア、太陽神籬の少し手前の大神山の麓、巨岩の列の少しだけ奥に、木の柵で覆われた場所がある。中でなにをしているのか、柵の間からは煙が漂ってくる。

手前で列をなす大きな岩のひとつの前で、見張りをするように遊太が立っていた。

「来ては駄目だ。ここも神籬だ」

近づいていった俺を制するように、遊太が両手を前に出した。

「ハッハー、偉いぞ。正しい向きで、勾玉をつけてるじゃねえか」

「そうだ。俺は、間違いは正す男だ」

勾玉ごと右手を胸に当てながら、遊太が誇らしげに答える。

「それでいい。それでこそ、正しい力を発揮する。お前なら、今でも翡翠の勾玉の効果を感じられるかもしれねえぞ」

困ったように、遊太は目を細めている。

「翡翠は、六千年以上大切にされてきた。今でも日本の国石だ。分かるな？」

「もちろん」

「理由を知ってるか？」

「たくさん綺麗な色があるからか？」

「それも、否定しない。けど、本質は違う」

興味津々といった感じで、遊太が目を大きくした。

「教えてくれ。アマテラス様からも、タゴリヒメ様からも、聞いたことがない」

「翡翠は、すべての石の中で最も繊細なつくりをしている。だから、微細なエネルギーに一番強く反応する。自然の息吹、人間の感情、そういった計測不可能な活力を増幅させる触媒になる」

「つまり、どういうことだ？」

「ハッハー、テレパシーの道具だよ。昔の日本人はなあ、自然や他人と、言葉を発しなくてもやり取りが出来たんだよ。翡翠は、その力をさらに高めてくれる。穴を開けることや、勾玉の形にすることで、エネルギーの流れをより強くしてたんだ」

「おお、すごい――」

すくうように両手で胸元の勾玉を持つと、感心したように遊太が声を出す。

ウケるぜ。信じやがった。

「ところでよう、この中でなにしてるんだ？」

はっとしたように顔を向けると、遊太は勾玉を手放した。

「スサノオ様は、清めの儀式をなさっている」

「なにがスサノオだ。お前にとって柚介は、ただの兄貴だろうが」

構わずに、柵の方へ進んでいく。

「おい待て」

驚くことに遊太が、近くにあった自分の身長ほども幅がある岩を、俺の方へ勢いよく転がしてきやがった。

おもしれえ。

初めてこいつの怪力を目にした時と違い、体力は大分回復している。自信があったため、両手を広げて腰を落とし、全身で巨岩を受け止めた。

可能な限り体勢を低く保ちながら、両掌と胸板に全身全霊の力を込めた。

必死に岩を押すと、じりじりと前方へ押し出されていったが、遊太の方も押し返してくる。

しばらくの間、どんなに力を入れても岩は全く動かなくなった。

もう少しだ。制止していた岩が、再びじりじりと押し出されていく手応えを覚える。

ほどなくして、遊太は押し返されて、尻をついた。

ヤバい。このままだと、轢《ひ》き殺しちまう。

こいつにそこまでの恨みはねえ。が、勢いがついていたため、すぐに岩を止めることは出来なかった。

「オノコロ、アカハナマ、イキヒニミウク――」

焦って錯乱したのか、遊太は呪文のようなものを唱えてやがる。

結局、上手く方向転換することもできず、転がりながら左脇へ逃げようとする遊太の左肩と腕を、押していた岩で轢いてしまった。

ブレーキがかかったように、ようやく岩が止まる。

遊太は苦悶に満ちた顔で呻いている。

「ハッハー。わりいな。不可抗力だ」

「オノコロ、モトロソヨ、スユンチリ――」

遊太は目を閉じたまま唱え続けていた。

「お前は、タヂカラオなんだろ？　大丈夫。すぐに、痛いの痛いの飛んでくはずだ」

遊太を置いて奥へ進んだ。柵の間を抜け、小屋の中へ入っていく。

濃厚な香りに満ちた十畳ほどの室内は薄暗かった。

中央に、目を閉じて結跏趺坐《けっかふざ》した柚介の姿があった。微動だにしない。

奥では癒阿が正座していた。こちらを一瞥しても呆然とした表情のままだ。

こいつら、イってやがる。

どこか甘ったるいにおいから判断して、充満している煙はマリファナだろう。

改めて室内を見渡してみると、右隅の方にキセルが転がっている。すぐそばにはライターもあった。

試しに、やってみるか。

近づいて拾い上げ、立ったまま火をつけた。深く煙を吸い込み、心身の変化を待つ。

やがて、少し胸がむず痒《がゆ》くなり、やや体の力が抜けていくような感覚が訪れる。

柚介の正面へ回り、

「こんなもんか？　酒を食らった方がマシだろ」

と声を掛けた。

けれど、変わらず目を閉じたままだった。

「スコッチの方が、よほどガツンと来やがる」

柚介が半目を開けた。

「よう。お目覚めか」

「黙れ。神聖な儀式の最中だ」

「ハッハー。なにが儀式だ。それより、島の大麻はお前らだけのためじゃないな？」

柚介はなにも言わない。

「ふざけんなよ。俺を馬鹿だと思ってんのか。あの三流政治家がどうしてこんな島まで来るのか、ようやく分かってきたぜ」

「──出ていけ。お前には、ここに入る資格はない」

「そうするぜ。いい加減、このにおいにはうんざりだ」

パーティールームをあとにした。外へ出てからも、両足が少しだけ浮いている感じがした。

＊

生まれた時から世話した子犬が、ようやく尻尾を振ってなついてきやがった──一報を聞いた途端、自然と頰が緩み、そんな気分になった。

「明日の午後、本土の暴力団と大麻取引がある」

昨日の昼飯時にホアンからそう告げられた時は内心でにんまりとした。

ホアンは「あんたにも、同席して欲しい」と付け加えた。こいつは大きな前進といえる。俺を頼ったということは、やつらがそれだけ胸襟《きょうきん》を開いたという証《あかし》だ。いざという時に使える兵隊を手に入れたばかりか、小遣い稼ぎのチャンスにもなる。

気合いを入れて臨まねえとな。

午後二時過ぎに、交番をあとにする。指定された時間に間に合うように、予め聞かされていた浜辺へと向かった。

取引現場は島の南東、大神田と天乃家のエリアとの境目付近の海岸だった。目印として聞かされていた大きな流木が横たわる海岸に立ち、ホアンとグエンの到着を待った。

ほどなくして、二人が歩いてくる。それぞれがふたつずつ、両方の肩に馬鹿でかい釣り用のクーラーボックスを下げていた。

「ハッハー。随分大荷物だな。全部マリファナか？」

「ほとんどそうだ。五キロ近くある。ハシシも、少しだけある」

いつもより緊張した面持ちで、ホアンが答えた。

「こんなにたくさん、どこで乾燥させた？」

「宿舎の裏手の木々の間にロープを結んで、吊るしてあります。今も、新しいのを干していますので、木の葉に同化して見えるので、分かりにくいかもしれません」

感情の失せたような顔で、グエンが答える。

「ハシシはどうやった？　こんなところに、専門の設備はないはずだ」

「俺は分からねえ。マリファナをまとめて天乃家に渡すだけだ」

首を横に振りながら、ホアンが答えた。

「そうすれば、何日かあとにハシシとして戻ってくる」

なるほどな。あの趣味の悪い屋敷の地下にでも、加工機器があるに違いねえ。

「思った通りあいつらは、かなりヤバい一家だな。それで、取引相手はどこの組だ？」

「関東皆心会《かんとうかいしんかい》の、有林組だ」

「メジャーじゃねえか」

沖合からエンジン音が聞こえてきた。

小型のプレジャーボートが近づいてくる。榊原の船とは違い、純白だった。

砂浜の一角から海面へ向け、何本もの流木が桟橋のように並べられていた。

プレジャーボートが、やや沖合で停泊する。中から二人の男が降りて来ると、流木で出来た桟橋を渡り、こちらへ向かってきた。

二匹のヤクザは、それぞれ黒いジャージとパーカー姿だった。先頭は四十代の五分刈り頭で、側面に悪趣味を強調させる稲妻ラインが走っている。後ろにいたのは二十代半ばに見える男で、激しいツーブロックに刈り上げていた。

「お前は誰だ？」

稲妻ラインが舐めた口を利いてくる。

「駐在だ」

「変わったのか。前のおまわりから、一言も挨拶がねえな。うまい汁を吸わせてやったのによう」

「いくらで買い取るんだ？」

「百だ。そういう取り決めだ。天乃家に半分、残りの半分を外人どもが分け合う。お前には、口止め料として小遣いをやる」

悪条件すぎる。相手を睨み上げた。天乃家を含めてぼられている。

「ふざけんなよ。大麻の末端価格は、安く見積もってもグラム五、六千だ。五キロということは、ざっと見積もっても二千五百万の価値がある。それを百だと？　寝言を言うんじゃねえ」

「いくらだ？」

「最低でも一千万だ」

「ほざくな、ぼけが」

稲妻ラインが小さな拳銃を右手で取り出し、銃口を向けてきた。一目見てメーカーが分からねえ。海外製の粗悪な改造銃だろう。

「組のやり方にケチつけんじゃねえ。いつも通りに取引すりゃあいいんだよ」

素早く、左掌で相手の右手をすくい上げた。

改造銃が宙を舞い、波打ち際へと落下する。

拳銃を持つ相手と接近している場合は、下から銃口の向きを変えさせる方法がベストだ。万が一相手が発砲しても、反動によって銃口が多少は上へそれる。

「なんでも日本製がベストだな」

革帯からニューナンブM60を抜くと、稲妻ラインの左の脛を目掛けて発砲した。

子犬が鳴くように甲高い声を出し、倒れ込んだ稲妻ラインは、左膝を曲げて抱え込み、体をくねらせている。

「ハッハー。大袈裟《おおげさ》だぜ。骨は無傷だし、弾は抜けてる」

「てめえ――おまわりなのに」

壊れた木樽からワインが噴き出すように、どくどくと血が出てやがる。熟成が進んだのか、鮮やかさの欠片もねえくすんだ色だった。

「勘違いすんな。俺は新しい王だ。それより有り金をよこせ。全部だ。次は殺すぞ」

「早く金を渡せ」

命じられたツーブロックが、口を半開きにしながら、帯の付いた百万の束を投げてくる。

　左手で拾い上げ、確認した。ヘモグロビンの鉄のにおいと、札束のインクのにおい
──最高のハーモニーだ。

「こいつは、犯罪による収益の移転防止に関する法律に基づき、押収する」

　札束をポケットに押し込んだ。

「船から救急箱を取ってこい」

「動くんじゃねえ」

　走り出そうとしたツーブロックを、大声を上げて制止する。

「お前らに対する取り調べは、これからだ。身体検査、並びに、船への臨検に関する令状については、すでにこの島の神々によって発付されている」

　一応白手《しろて》をはめてから、腰を落とし、呻き続ける男の体を探った。が、目ぼしいものはなにもなかった。

「よし。検査完了」

　立ち上がると同時に、撃たれた左脛を踏みつけてやった。

「次、貴様だ」

　おとなしく両手を上げたツーブロックの体を、念入りに検査していく。ジーンズの右ポケットから、キーホルダーに繋がれた鍵と、折り畳みナイフが出てきた。

「間違いなく、刃渡りが六センチ以上ある。銃刀法違反だ」

しっかりと目視確認してから、下腹に軽く拳で突きを入れた。

くぐもった声を上げると、相手は両手で腹を押さえ、両膝をつく。

「見張ってろ。不審な動きをしたら、こいつで痛めつけろ」

ホアンに特殊警棒を渡すと、慎重に流木の桟橋を進んでいき、プレジャーボートに乗り込んだ。塗料のような化学的な薬品臭が鼻につく。新造されて間もないのだろう。

真っ先にキャビンへ向かい、物入れとなるパッセンジャーシートの中を探ったが、食い散らかした容器しかなく、金目のものは見当たらなかった。

キャビンを出てアフトデッキへ向かうと、床面に四つの収納スペースが設けられていた。ツーブロックから奪い取った鍵を使い、右側の下から順番に扉を開けていく。

三枚目、左側の下の扉を開けると、不自然な黒いポリ袋が置かれていた。右手を伸ばして端をつかむと、両手で口を開き、覗き込むように中身を確認する。

札束が目に飛び込んできた。五百万入っている。さっきの百万と合わせれば、今日の儲《もう》けは六百万――悪くない稼ぎだった。

ポリ袋を手にしたまま、砂浜へと戻った。

前方から、ツーブロックの叫び声が響いてくる。

目を遣ると、ホアンが特殊警棒で何度も相手の体を打擲《ちょうちゃく》していた。

あいつも、中々やるじゃねえか。

「ホアン、もういい。こいつらに、クーラーボックスを渡せ。ひとつだけだ」

返された特殊警棒を仕舞いながら、命令する。合わせて六百万手に入ったから、本来ならふたつ渡してやってもいい。だが、今まで搾取されてきたことを考慮し、今回はひとつだけだ。

顔をしかめたままのツーブロックが、左腰に収納部分が来るようにクーラーボックスをたすきがけにした。そのまま稲妻ラインを右肩に担ぐようにして、桟橋へ向かって歩き出す。

「ハッハー。値上がりしたこと、本部にきちんと伝えろよ」

背中越しに念を押したが、二人は答えなかった。

「天照島ブランドは、安くねえぞ」

プレジャーボートはすぐに動き出し、姿が小さくなる。

「ホアン。天乃家には、五十万だけ渡せばいいんだな？」

「ああ」

ポリ袋の中に右手を入れ、ひとつの束から半分だけを抜き取った。残りは袋ごとホアンに手渡した。

「これは、お前たち全員の取り分だ」

「あ、あんた、すげえよ――」

中身を覗き込んだホアンが、嘆息《たんそく》する。

「勘違いすんなよ。お前ひとりの取り分じゃねえ。なるべく平等に分けてやれ。女にもだ」

「分かった」

「グエンには、少し多目にやれ。お前もこき使ってるし、借金がある」

「そうだな。よし」

ホアンは百万の束を取り出すと、グエンに手渡した。

「こんな大金」

グエンは両目を潤ませている。

「とっとと借金を返しちまえ。利息がついていても、大部分は消えるはずだ」

「はい」

グエンの笑顔を目にしたのは初めてだった。

天乃家のエリアの方から誰かが歩いてくる。少しすると、遠目にも遊太であることが確認できた。

「金を仕舞っとけ」

ホアンとグエンは無言で頷いた。

「なにも言わなくていい。いつも通り振る舞え」

もう一度、二人は首を振ってみせる。

「よう、タヂカラオ。取引は無事に終わったぞ」

「どうして、お前がここにいるんだ？」

「今度から、やつらとの大麻の取引は、俺が仕切るようになった。ベトナム人が交渉するより、スムーズにいくからな」

「クーラーボックスが、残ったままだ」

「やつらは中身だけ持っていったんだ。それより、ほら——」

右手の五十万を差し出した。

「お前ら天乃家の取り分だ。いつも通りある。持ってけ」

違和感を拭えないのか、札束を手にした遊太は少しの間固まっていた。ややあって、似合わない指の動きをみせながら、ようやく金勘定を始める。

「それから、ほらよ。小遣いをやるよ。お前の取り分だ。この前の、岩で腕を痛めつけた詫《わ》び代も入れてやる。恨むなよ」

ポケットから五万を抜き取り、折り曲げて差し出した。

「俺の、金」

右手で受け取ると、遊太はまじまじと見つめていた。今のうちに手懐《てなず》けておけば、役に立つかもしれねえ。

それよりも、気になることがある。この島の大麻栽培の規模は、かなりでかい。マリファナも、ハシシも、有林組との取引だけではとてもさばききれない。本土から隔絶された島とはいえ、過去に噂が立ったはずだ。捜査機関が関知していないはずはない。

やはり、政治家が睨みを利かせているのだ。それでも、森沢のような馬鹿は現場監督にすぎないはずだ。もっと上のジジイたちの力が必要だ。

一体、大半のブツを、天乃家はどこへ送ってやがる？

第三章　全方位沸騰

人は生み落とされる場所を自分では選べない。天にいる時に自ら望んだのだという形而上《けいじじょう》的な解釈もあるが、事実であっても記憶がない時点で意味がなかった。大抵の場合は、ろくでもない条件で、ろくでもない場所へ誕生させられる。

午後にパトロールをしていると、天乃家のエリアで遊太の姿を認めた。

こいつの場合は、天照島へ生まれてきてよかったに違いない。本土で世間の好奇の目にさらされるより、自然豊かな島でのびやかに暮らす方がはるかに幸せだろう。

「よう。今日も、あの小屋で煙を焚《た》くのか？」

「今日は、なにもない。草を刈ってるだけだ。山の麓は、いつでも綺麗にしなければならない」

腰を屈める遊太の右手には、確かに鎌が握られている。

天乃家の中で雑事をこなすのは、こいつだけに違いなかった。

遊太は、表情も、受け答えも、穏やかだった。この間のたったの五万で心を開きかけていた。こいつの純粋性の賜物だろう。

「ちょうどいい。少し、聞きたいことがある」

「いいぞ。どんなことだ？」

背筋を伸ばした遊太が、向き直った。

「ここは縄文以来の、女が主導権を握る母系の島だろう？」

「そうだ。二人の姉さん、タゴリヒメ様とアマテラス様が一番偉い」

「その偉い二人は、どうして揃って姿を現さないいんだ？　お前たちは、多い時でも三人でしか一緒にいない。なぜ、四人で島を歩かない？」

少しの間、遊太は焦点の定まらない視線を宙に向ける。

「——俺も、分からないよ」

「由依と癒阿は、一人かもしれねえぞ」

もはや、確信していた。

「えっ。一人足す一人は、二人だろ？」

遊太は混乱しているように見える。これ以上は無意味だった。

大神田でグエンとホアンと少しだけ会話をしたあと、桑原目当てによろず屋へ立ち寄った。

「よう」

桑原はレジの奥に座り、近くの丸椅子に座った島民と歓談している。小太りで、白い口髭を生やした、タンクトップ姿の男だ。

俺の顔を見るなり、桑原が眉を顰《ひそ》める。こんなことは初めてだった。

「そんな顔して、どうした？」

「最近、われの評判はすこぶるわりい。正直、ここにはもうこんで欲しい」

「そんなことより、この前、すげえものを見たぞ」

「なーした？」

「幽霊らしいぜ。天乃家の土地側にある、大神山の山腹で見た。俺には黒い人影に見えたが、一緒にいた柚介が霊だと言い張って聞かなかった」

「あいや」

湯呑《ゆのみ》を手にした口髭が、間の抜けた声を出す。どんな感情なのか、さっぱり分からねえ。

「その通りだ。あのあたりには、いわなこと、近づいてはならん」

「ウケるぜ。あんたも、霊なんて信じてんのか？」

「この島に、霊はおる。無数にな」

桑原の口調はあっさりしていた。

一旦話題を変えてみる。

「天乃家四人の、両親はどうしてる？」

「そんなこと、聞いてなーしんだ？」

「気になるんだ」

「そいじゃ、教えてやる。とっくに、死んでる」

口ごもるように、桑原は答えた。

「なにか、隠してるよな？」

「なー。神々の過去を、探ってはならねえ」

口髭が無言で頷いてみせる。

間違いなく、天乃家の闇を知っている。しかし、忠誠を誓う高齢な者は口が堅い。まあ、無理やり吐かせるほどでもないだろう。諸々《もろもろ》の天乃家の背景については、自ら探った方が早そうだ。

その前に、どうしてもはっきりとさせておきたいことがあった。そちらを早く決着させなければ、よほど気持ちが悪い。

＊

息を殺し、木々や草むらの中に身を隠すのは随分と久し振りだった。しかし、実戦訓練で敵が姿を現すのを待ち構えるシチュエーションよりは、大分気構えが楽だ。今回は、大怪我を負ったり、不甲斐ない成績によってSATを除隊させられたりするリスクはない。

天乃家のエリア内、麓から十メートルほどの大神山の山腹に侵入し、息を殺し続けた。ここ四日間、見通しが利く午後から夕方までの時間、獲物を待ち続けている。周囲には相変わらず不思議な遺物が点在していたが、白黒つけるまで調べる気にはなれない。

来やがった。

草をかき分ける、かさっという小さな音が聞こえた。小動物や、イノシシでもない。音から判断して明らかに体の大きさが異なり、人間のものに間違いなかった。

身を小さくして岩陰に潜んでいたが、左側から近づいてくる気配に見つからないようさらに姿勢を低くし、少しずつ右へと回り込む。

腹ばいの姿勢になり、左斜め前方に視線を向けた。

ついに、相手の姿を視界に捉えた。

柚介との格闘中に目にした男に違いない。古びてぼろきれ同然の上下黒のスポーツブランドのジャージ姿で、髪と髭がかなり長い。骨格が目立つほど痩せていて、木々に囲まれた中でも顔色が悪いことが手に取るように分かった。年齢は、くたびれた五十代にも、壮健な八十代にも見える。

麻布で出来たような頭陀袋を背負いながら、男は二メートルほど先を小さな歩幅で横切っていった。

距離がおよそ四メートル開いた時点で、追跡を開始した。すっくと立ち上がり、相手のペースに合わせるようにして、なるべく音を立てないようにジグザグに進む。木陰に身を隠しながら、あとを追う。

男は、ただならぬ道なき山中をスムーズに進んでいる。周辺を熟知している。

突然、四メートルほど先を歩いていたはずの男が消えた。

落ち着けと自らに言い聞かせながら、最後に姿を見た地点まで進み出た。

右側は結構な下り斜面になっている。万が一滑落《かつらく》したのだとすれば、低木の枝葉に体が擦れて音がしたはずだ。だが、なにも聞こえなかった。

それならと、左の斜面を見上げ、確認する。木々の葉で視界は遮られているが、男は、この勾配を上がっていったとしか考えられない。

向きを変え、軽く腰を落として両手もつくと、一気に登り始めた。多くの草が茂っているため、足跡は見あたらない。

三分ほど登っていくと、視界が開けた。

正面奥には、ベニヤ板で作られたかのような、簡素極まりない小屋が見える。その少し手前、ここから五、六メートルほど先に、例の男の背中があった。

今度は見逃すまいと、一気呵成《いっきかせい》に背後へ駆け寄る。

「おい」

右手を背後から相手の右肩に置き、声を掛ける。

振り返った男の目の色に、動揺はなかった。感情を失ったような、ある意味穏やかなものだった。

「腰元の手錠や拳銃を見ろ。分かるな。俺はここの駐在だ」

「私は、なにもしてない。静かに暮らしているだけだ」

「静かに暮らすなら、ほかの島民のように下で過ごせばいい。わざわざ、こんな山中に隠れ住む理由はねえ」

「元々、私はよそもんでな。昔からの住民とはそりが合わなかったんだ」

「それならとっとと島を出ればいい。そもそも、ここは立入禁止区域のはずだ」

男が静かに鼻から息を吐く。

「お前、なんて言われてんのか知ってるか？　ハッハー、大神山の霊だってよ」

笑いながら教えてやる。

「人目を忍んでここで暮らすようになってから、長い時間が経っている。島民からすれば、似たようなもんだ」

「とにかく、お前は色々と怪しい。事情聴取をする。あのぼろ屋は、お前の家だろ？」

「そうだ」

「あの中で、話を聞かせてもらう。怪しいことをしてないか、立ち入り調査も行う」

うんざりだと言わんばかりに、男が溜息を吐いた。

「断る。面倒はごめんだ。それに、令状がないはずだ」

「舐めんじゃねえぞ」

ホルスターからニューナンブM60を引き抜き、男の足元に発砲した。

地面が息を吐くように、白い煙が立ち上がる。

なっ――無表情だった男が、口を開き、目を大きくした。

「いいか。俺はまともな警官じゃねえ。こんなところへ島流しにされたぐらいだ。分かるな？」

銃を仕舞う俺に、男が口を開けたまま視線を合わせてくる。

「ここでお前を殺して、埋めても、誰にも気付かれねえはずだ」

男はようやく口を閉じたが、目は大きくしたままだった。

「とにかく俺は、島に馴染めなかったお前が、どうして何十年もここで隠れ住んでいるのか、理由が知りてえんだ。それに、家宅捜索の令状なら取ってる。天乃家じゃねえ、この島の本当の神々から、なにをしても構わないとお墨付きが出てるんだよ」

天乃家という言葉を発した瞬間、男の頬が引きつった。

特殊警棒を取り出して伸ばし、相手の顎先に突きつける。

「観念して、中へ案内しろ」

「——ついてこい」

ゆっくりとした足取りで、男は小屋へと進んでいく。

鍵を掛けていなかったのか、扉を開け、中へと入っていった。

中は土間が少しだけ設けられており、本当の一間だった。ござのようなものが敷き詰められた十二畳ほどで、台所もトイレらしき部屋も見当たらない。所々には雑多な生活用品が散乱していた。左の奥に、小さな竈《かまど》と囲炉裏《いろり》のスペースがあるだけだった。

驚くことに、竈の近くで一人の老女がうずくまっている。男同様に痩せ細り、薄汚れた灰色の縞木綿《しまもめん》のような姿で、尻をついて両膝を抱いている。

「あの女は誰だ？　女房か？」

男は答えず、頭陀袋を下に置くと、胡坐《あぐら》をかいた。

向き合うように、正面に腰を下ろした。

「人定質問だ。名前を言え」

「新田だ」

「下は？」

「信造《しんぞう》だ」

改めて、相手の姿を眺めてみる。

「年齢は？　覚えてるか？」

「多分」

「じゃあ、言え」

「ちょうど、七十だ」

「本当にそこまでいってるか？　まあいい。どうして、こんな島に来た？」

「元々私は医師で、クリニックを開業していた。ここには医療設備がなく、診療所は大島まで行かないとなかったんだ」

話を聞いて、例の民家を思い出した。

「看板が残ってた。小さな資料館の、手前だな？」

「そうだ」

かつて医師だった新田を、ほとんどの島民は知っているはずだ。そして、なにかしら理由があってここで隠遁《いんとん》生活を送っていることも周知なのだろう。だから、あえて霊と呼んで部外者を遠ざけているといったところか。

こんなところで暮らすにしても、生活がある。九割を自給自足で賄っても、どうしても必要なものもあるはずだ。だから新田は、定期的に山を下り、桑原などの何人かの協力者から物資を援助してもらっていたのか。そうでなければ、長年この暮らしを維持することなど出来ない。

「若い頃に島に来たのか？」

「そうでもない。確か、四十代の頃だ」

「それなら——」

「二十四、五年。大体、そのくらい昔だったはずだ」

新田がここで隠遁生活を送らざるを得なくなった理由は、なんなのか。複雑な事情があることは、時間の長さが物語っていた。

俺は左を向き、

「それでババア、お前は誰なんだ？」

と、みすぼらしい老女へ投げかける。

「あたしは——」

なぜか、老女のか細い声を耳にしたのは初めてではない気がした。

「ひょっとして、由依の母親か？」

一瞬、かっと目を見開いたあと、老女はこくりと頷く。

「名前は？」

「愉子《ゆうこ》じゃ」

「天乃愉子だな。どうしてこんな暮らしをしている？」

「そりゃあ――理由が、あんじぇ」

「だから、それを言え」

老女は口を閉ざした。

「早くしろ。星が出ちまう。夜空を眺める趣味はねえ」

「なーしても、警察には言い難い話でな」

吹き出しそうになった。

「心配すんな。どんな理由でも、何十年も前の話だ。俺以外の警官は、誰もあんたになんか興味を持たねえ」

少しの間、愉子は上目遣いでこっちの様子を探っていた。が、意を決したように口を開く。

「今さら、なあしんべえもないことじゃが――あたしは、娘に、みじめな思いをさせちまった。単に習わしに従っただけで、こーた事になるとは思わんかったが」

愉子の両目尻には、微かに涙が滲《にじ》み出ていた。

島の特殊性を鑑みると、すぐにぴんと来た。

「そうか。売春のことか。母親がウリをしていたことを知って、ショックを受けたか」

愉子の両目から涙が流れ出る。

傍らの新田は、辛そうに顔を伏せている。いきなりが顔を上げ、「もういいだろう」と声を荒らげた。

「お前は黙ってろ。ババアに聞いてるんだ」

「──あんの子が、島の外の中学へ通っていた時、好きだった男の子がおったようだ。運がわりいことに、母親の売春を知られ、陰口を叩かれ、みんなに噂が広まったようじゃ。その子らにすれば、ここの習わしなんか知る由もねえから、仕方ないじぇ」

愉子は目を閉じ、両手を握り締めながら、嗚咽《おえつ》している。

「泣いてんじゃねえ。それからどうなった？」

「そんだから、あんの子は頭に来て、あたしを刺し殺そうとした」

まっ、思春期の女なら当然だな。

「おい。由依の父親は？　娘を制したはずだ」

涙を流しながら、愉子はゆっくりと首を横に振った。

「あの頃の豊《ゆたか》様は、ほとんど島にはおらんかった。観光客の誘致の話し合いとかで、しょっちゅう内地へ行ったきりじゃった。そんだから、この騒動のことも知らん。それどころか、よそに女が出来とった。娘から軽蔑されていることを知んと、豊様は、お前には子どもたちを任せられねえと、あたしを山に追いやった」

疑義が生じた。当時、豊が内地へ行ったきりだったのは、本当に情事や観光客誘致の話し合いのためか？

＊

曇天の空は低く、重しをされている気分だった。

翌日の正午前、通りすがりによろず屋の中を覗いた。

見知らぬ女が、レジの近くにある黒電話で通話をしている。この島には公衆電話がないため、桑原が小銭を受け取り、店のものを必要な人間に貸しているのだと、聞いたことがあった。

女はとても島の人間に見えなかった。金髪で、フェイクファーのブルゾンを羽織り、肌寒くなってきたのにショートパンツを穿いている。二十歳か、いっていても二十五、六に見えた。

ウケるぜ。よく見れば、初日に溺れそうになってた女じゃねえか。いつかのコテージでの宴会にも、こいつは参加していた。

気になり、店内へ入ると、桑原は奥の居間でイヤホンをつけてラジオを聞いている。会話を盗み聞きしないという、やつなりのマナーなのか。

背を向けて電話口に捲《まく》し立てている女に、「どうしたんだ？」と声を掛けた。

えっ——受話器を手にしたまま振り返った女は、俺を足元から見上げるようにして確認する。

「もしかして、おまわり？」

「そうだ」

「いつも交番行っても、誰もいねえじゃん」

「悪いな。きっと、パトロール中だった。それより、外にまで聞こえる声でがなり立てて、どうかしたのか？」

「聞いてよ。数か月前に男とここに旅行に来て、そのまま売られたんだよ。知らねえうちに」

「どういうことだ？」

「男に借金があってさ、私に無断で、この島の人間に売ったらしいんだよ。前金を貰《もら》って、男は逃げやがった。連絡できなくするように、私のスマホも持ってったんだ」

神々が聞いて呆れるぜ。

直接関与していなくても、島でこのような事案が度々起こっていることを、天乃家が認識していないとは考えられない。自然と笑みがこぼれ出てしまった。

「おかしい？」

「ああ、ウケるぜ。お前を売った男は、暴力団か？」

「そいつは、違う。けど、ここの人間が言うには、間に入ったのは暴力団だって。有林組って言ってた」

大麻といい、人身売買といい、ひでぇ島だ。

「それで、助けを呼んでるのか？」

「そうだよ。ババアの家に寝泊まりさせられて、うんざりだから」

「ひどい仕打ちはされたか？」

「それはないけど、こんな島、退屈で死にそうだよ。百二十万の返済が済むまでは、返すわけにはいかないって」

悔しそうに、女がその場で地団駄を踏む。

「定期船は、発着場にいつも見張りがいるから無理。でも、誰に電話しても、こんな島のことは知らないし――」

「ハッハー。あとは、泳いで大島や本土まで逃げるしかねえな」

女の無様な姿を思い起こしながら、口にしてやった。

「無理だよ。中学の時に水泳部だったからやってみたけど、波酔いして失敗した。って言うか、お前、おまわりだろ。とっとと助けろよ」

「今は、事情があって無理だ。すまんな」

「はっ？　なにそれ？　まじムカつく。ふざけんなよ」

女は近くの棚を蹴り上げた。

「慌てなくても、もう少しでなんとかなるかもな」

「どういうこと？」

「近いうちに、お前のことなんかどうでもいいと思えるような、島全体を揺るがすビッグイベントが起こるかもしれねえ。定期船の見張りになんか、いちいち人をやれないような一大事だ」

何気なく、微かな直観を口にした。

「どういうこと？　もしかして、ここの火山が噴火するってこと？」

女の言葉に、思わず口元が緩んでしまう。

「ハッハー。そうかもしれねえし、もっとえぐいことかもな」

「なんだよ。はっきり言えよ」

おい。大声で怒鳴りつけてやる。おしゃべりの時間は終わりだ。

「舐めた口を利いて、俺を怒らせない方がいい。分かるな？」

女は急にしおらしくなり、何度も小さく頷いた。

「この島は、いずれ俺のものになる。そうしたら、自由にしてやるから待ってろよ」

日の出の少し前に、ランニングへ出かけた。毎日ではないが、週に二、三回、早朝のトレーニングに取り入れていた。

いつも通り、西回りで島を一周するつもりだった。背後から照らしてくる日差しが、徐々に強くなっていく。正面から俺を目にすれば、後光が差して見えるはずだ。

遠くの船着き場のあたりに、二人の人影があった。普段なら、この時間には誰もいない。近づくにつれ、言い合いする声が聞こえてくる。左側の体格のいい男が、相手の襟元を両手でつかみ上げている。

ラッキーだ。朝からトラブルだぜ。

スピードを落とし、ゆっくりと歩いていった。

「もう一度聞くぞ。どうして知った？ 答えろ」

「言った、通りじぇ。わざとじゃ、ないじぇ。たまたま、電話している内容が聞こえて、おおよその相手が分かってしまったんじゃ」

驚くことに、締め上げているのは柚介だった。取り巻きもゼロで、普段とは異なるジーンズ姿だったため、分からなかった。

相手は榊原で、顔をしかめながら必死に言葉を発していた。

「なー。こーたことは、まずいずら。おいらは、浅岡さんの側だじぇ」

また、浅岡か。

「グッドモーニング。ハッハー」

満面の笑みで挨拶した。

ぎょっとした顔を向けると、柚介は両手を放した。

榊原はその場に尻をつき、喉を押さえながら咳《せ》き込んだ。

「神に仕える身で、朝からいがみ合うとはいい心がけだ。で、どうして揉めている？」

「別に。個人的な問題だ」

榊原に視線を向けた。なにかを言いたげな顔つきで、見上げてくる。

「ジイさんをいたぶるのは犯罪だぜ。老人虐待だ」

「黙れ。早く行け」

両腕を組んだ柚介が、顎で示した。

「榊原。なにか俺に言うことはないか？」

声を掛けたが、視線を落としたままだった。

「そうか。今でなくてもいい。言いたいことがあったら、いつでも交番へ来い」

柚介がいる以上、ここではなにも話さないだろう。

まあいい。再び走り出した。

心ならずも、谷垣は貧乏ゆすりを始めてしまう。ゴールテープが正面に見えてきた時点で、これまで見えなかった陥穽《かんせい》が出現した——まさに、そんな気分になる。

「このタイミングで、天照島に大麻があることを知られたら、厄介なことになる」

檀上に立つ高田管理官が、両手を腰に当て、全員に向けて怒鳴った。

＊

前方のスクリーンには二人の女が映し出されている。現総理大臣である戸山康則《とやまやすのり》の妻、重子《しげこ》のSNSから転載された写真だ。天照島を三度目に表敬訪問した時のものだという。向かって左側で、にっこりとほほ笑んでいるのが、重子。右側には白装束の女が写っている。天乃家の由依という女だという。

現在六十歳の重子は、総理大臣の妻としてはかなり型破りな人物だと、世間に認識されている。自らをシゲタンと称し、プライベートで写真を撮る際は、必ず左手で片目を隠し、右手で意味不明なハンドサインを作っていた。全国紙のインタビューでは、「私が毎晩続けたスピリチュアルヒーリングにより、夫は総理になれた」と発言し、物議をかもした。

そんな重子だったが、党内でも問題視する声が絶えないのが、大麻への偏愛ぶりだった。話題にしているのは産業ヘンプのことで、野州麻《やしゅうあさ》と触れ合うために栃木県の栽培地を訪れている投稿が無数にアップされていた。

「麻の生地は、強靭《きょうじん》で、吸放湿性に優れ、消臭効果もあります。みなさん、私たち日本人の衣服を全部ヘンプにしましょう」

これが重子の口癖だった。一方、ある週刊誌では、重子が私的なパーティーで度々マリファナを嗜《たしな》んでいたという疑惑が報じられていた。

「幸いにも、今のところSNSには、天照島の大麻畑の写真、及び記述については、一切掲載されていない。しかし、重子のことだ。そのうち、ぺらぺらと話し始めてもおかしくない。古の文化を知るための表敬訪問と言っているが、恐らく大麻畑を見に行ったのだろう」

右手を額に当てたまま、高田管理官は前方をうろうろしている。

谷垣は、森沢が重子の訪問の露払いをしていたのではないかと推測した。

「もしかしたら」

「なんだ、谷垣」

「重子を島へ導いたのは、森沢かもしれませんね。少なくとも情報は渡していたでしょう。森沢は戸山派の議員です」

立ち止まると、高田管理官は顔を上げ、「言われてみれば、そうだったな」と口にする。

「お前の言う通りだろう。島の裏金は、重子が関係するいくつかの怪しい団体にも流れているはずだ。そこから、戸山総理が懐に収めていてもおかしくない」

その通りだと、谷垣は首肯した。

「森沢と関係している薬物ブローカーについては、すでに目星がついている。半グレ連中が仕切っている集団だ。大量の大麻はそこを通じて、街中の若者などへ流れていると思われる。いずれ、時機が来たら摘発する」

再び、高田管理官がうろつき始める。

「とにかく、戸山重子の動きをどうにかしろ」

谷垣は自分にはどうすることも出来ないと思いながらも、

「問題ありません。早めに作戦を決行すれば万事うまく収まります。天照島の大麻の存在が、明るみに出ることはありません」

と、希望的観測を口にした。

ぴたりと、高田管理官が歩を止めた。

「――しくじるなよ。必ず有言実行しろ」

右手で顎を撫でながら、高田管理官は小さな頷きを繰り返している。

＊

パッチワークのようなカラフルな胴体に、アンバランスな太い首――オシドリを間近で目にするのは初めてだった。

早朝のトレーニングをしていると、目の前に急降下して着地し、「ウィウィ」「クィクィ」と鳴き始める。音自体は小さいが、甲高い周波数が延々と続くと、不可思議な感覚にとらわれた。

朝食を終えると、太陽神籬へ向かった。オシドリの鳴き声のせいか、無性に祝詞が聞きたくなる。孤島でジジィやベトナム人らを相手にしているうちに、少しおかしくなっているのかもしれない。

早目に広場へ到着すると、天乃家の者はおらず、祭祀は始まっていなかった。しかし、騒然とした雰囲気だった。

島民の間を進み、騒ぎの中心へ向かう。

「あんの未成年を売りもんにして、どういうつもりだ」

「われのようなあんこがしっかり管理せんで、どうすんだ」

三人の男が一人の白髪交じりの女を取り囲み、足蹴《あしげ》にしている。

「そいだって、二十歳は越えてるって、思ったのよ」

亀のようにうずくまってる女が、両腕の下から見上げ、必死な様子で叫んだ。

よろず屋にいた、生意気な女のことかもな。今になって正確な年齢が判明したということか。

「もう許してって。これ以上、なーしんべえって言うのよ」

「黙れ」

角刈りの男が女の脇腹を蹴り上げた。

女が黄色い液体を吐瀉《としゃ》した。続けて、血の混ざった唾液も吐き出す。

一歩進み出て忠告してやった。

「ハッハー。げろが好きなようだが、そのへんにしねえと死ぬんじゃねえか」

「よそもんは黙っとれ」

身の程知らずの男の首に右手を伸ばすと、親指で喉仏を押し込んでやった。

相手はさっきの女とまったく同じ呻き声を出した。

ぎりぎりのところまで押し続け、そろそろ限界だろうという時点で、右手をつかんでいる男の両手ごと一気に引き抜いてやる。

「次はてめえが吐く番だ」

すぐに、男は右手で喉を押さえながら腰を屈め、「おげえ、ぐえぇ」と戻し始める。

「神籬だぞ。掃除を忘れんなよ」

法螺貝の重低音が響いてきた。

北の方から、癒阿を中心にした天乃家の三人が歩いてくる。

「どうしたんだ？」

向かって右側に立つ、柚介が尋ねる。

「この女が、よこじろしよった。掟破って、未成年にウリさせよった」

再び、俺を押しのけるようにして、二人の男が女の背中を踏みつけ始めた。

「ハッハー。笑っちまうぜ」

柚介がこちらを向いた。

「売春は地場産業だろう？　未成年だけに厳しいなんて、まやかしじゃねえのか？」

皮肉の笑みを浮かべて、柚介を嘲ってやった。

「黙れ。これは、簡単な話じゃない」

予期せぬことに、柚介は拳銃を向けてくる。得物は、プラスチックの質感が前面に押し出されている。けれど、チープな改造銃ではなく、本物だった。代表的なポリマーフレーム銃、グロック17だ。

今にも撃ちかねえテンションだ。柚介はこれまでになく苛ついている。

兄弟の間から癒阿が進み出ると、二人の男へ向かって右手をかざした。

「大神様——」

放心したように、男どもの動きが止まる。

「これも許すのか。俗物の由依と違って、あんたは聖女だな」

からかってやったが、瘉阿は表情を崩さず、無言のままだった。

「さあ、お前ら。祭祀を始めるぞ」

遊太が大きな声を上げた。

下らねえ。すべての張りぼてを、ぶっ壊してやりてえ。

「おい——」

拳銃を下ろした柚介が、向き直る。

「部外者のくせに、島のしきたりに口を出すな。お前の任期には期限があるんだ」

ただならぬ雰囲気を察したのか、十数人の島民が俺たちを取り囲んだ。

「俺は部外者じゃねえ」

「どういうことだ？」

「この島は、俺のものにする。椿油も、観光客も、売春も、全部俺の利権にする。決定事項だ。王になるんだよ」

柚介は鼻の穴を大きくした。少しの間口をつぐんでいたが、思い出したように笑い出した。

「戯言《ざれごと》もほどほどにしろ」

「本気だ。もう決めたんだ」

錯覚ではなく、小さく地面が揺れている。

柚介が口元を引き締めた。

「これまでお前のことは、島民から度々苦情が来ていたが、大目に見てやった。しかし、ここまでだ。次に島を乱すような言動をしたら、殺す。はったりじゃない」

再び銃口を向けてくる。

こっちは満面の笑みを返してやった。

「お前には特別に、げろじゃなく、血を吐かせてやるよ」

「――なに？」

「近いうちに、必ずな。ハッハー」

「処刑してやる」

冷たく告げると、柚介は背を向ける。

結局祝詞を聞かぬまま、交番へと引き返す。

右側のガラス戸に、三つ目の麻の輪飾りが貼り付けてあった。

決戦だな。

やってやる。いくところまで、いってやるよ。

楽しくなってきた。ドーパミンが駆け巡る。全身の筋肉が膨張していた。

＊

最後の警告を確認すると、大神田へと急いだ。やつらが仕事へ出る前に、話をつけておかなければならない。

途中、外からよろず屋の中を覗き込むと、榊原が電話をしている。ガラス戸越しに目が合うと、驚きの表情をみせた。気になったが、先を急ぐ。

搾油所の近くまで来ると、ベトナム人どもはホアンを中心に車座になり、カラフルな屋台椅子に座っている。

「来たか」

歩み寄る俺を認めたホアンが、険しい顔を向ける。

「お前ら、畑仕事はいいのか？」

「それどころじゃねえだろう。俺とグエンも朝、あの広場にいた。あんたがやばい立場になったのを見ていたよ」

「話が早いな。この島の、麻の輪飾りの決まりを知ってるか？」

「ああ。ここへ来たばかりの頃、昔からのルールのひとつとして、レクチャーを受けた。ヘンプのサークルを三つ貰うとエンドだ、気をつけろって」

「さっき、交番に三つ目の飾りがあったぞ」

近くにいたグエンが、「それって――」と心配そうに視線を送ってきた。

「ハッハー。天乃家のやつら、本気で俺をサメの餌にする気らしい。次のトヨタマヒメ祭りの時に、檻に入れずに岬から海の中へ放り投げるつもりだろう。無論、そんなことはさせねえ。暴れてやるぜ」

「朝、あんたが帰ったあと、俺とグエンは、柚介さん、スサノオ様に呼ばれた。俺たち農民は今後、あんたと会うなって言われたよ」

狭い島だ。こいつらが俺に馴染んでいることを、危惧していたんだろう。

「どっちの味方だって、聞かれたよ。はっきりしろって」

「で、どうするつもりだ？」

射抜くように、俺はホアンの冷酷な目を見下ろした。

「あんたについて、勝ち目はあるのか？　さっき見ただろう？　あいつらは、銃も持ってる。拳銃ひとつのあんたと違って、多分いくつもある」

「心配するな。本土から上陸する時に、相棒を連れてきている。強力なやつだ」

ホアンやグエン、残りの者たちもみな、口を閉ざしたままで考えている。

「この前の大麻取引で、あんたが嘘を吐かないことは分かっている」

沈黙を破るように、ホアンが口を開いた。

「俺には、ここしかない。どうせベトナムに帰れないなら、ここで、もっと胸張って生きてえ」

いいぞ。腹を決めろ。

「あんたが勝ったら、マリファナやハシシを、ベトナムに送ってもいいか?」

「ハッハー、いいぞ。スマホも使い放題にしてやる。お前のスモールビジネスぐらい、目をつむってやる。ついでに、子豚が食えない同胞にティットクアイを食わせてやれ。イノシシしかいねえが、好きなだけ捕まえろ。日本の女をあてがってやってもいい。この前、ちょうど若い女と知り合ったからな」

苦笑いを浮かべながら、「——よし。あんたと一緒に戦う」とホアンが決意を口にする。

グエンに視線を移した。

「お前はどうなんだ? このまま天乃家の言いなりでいいのか?」

「この前のお金、借金の返済に役立ちました。感謝してます。でも——」

覚悟を示すように、俺を見つめるグエンが瞠目《どうもく》する。

「でも僕は、本当に欲しいものはお金じゃない。僕は、希望が欲しい。自由が欲しい。日本に来てから、気が晴れたことは一度も」

グエンがすべてを言い切る前に、「まかせろ」と言ってやった。

オーケー。こいつらを配下にして、この島を乗っ取る。

「ウー、心配しなくてもいいぞ。女たちは、なにもしなくていい。騒ぎが始まったら、宿舎でじっとしていろ。すぐに片付く」

左奥にいた緊張した面持ちのウーが、口を小さく開けながら頷いた。

「決まりだ。お前らは、俺についた。この島が俺のものになったら、今以上に待遇を良くしてやる」

　ホアンが立ち上がり、なにやらベトナム語で声を上げる。

残りの男たちも、賛同するように「ヤー」と答えた。

「チュン　ター　バッ　ダウ　ナーオ（始めるぞ）」

　ベトナム人どもと契りを交わすと、一旦交番へ戻り、二階へ向かった。

　押入れの隅に押し込んである黒いボストンバッグを引っ張り出すと、二枚のバスタオルで覆い隠してある相棒の様子を確認した。

　次のトヨタマヒメ祭りは五日後。

　それまでに精緻なチェックを済ませ、感覚を取り戻しておく必要がある。ホアンとグエンにも、最低限のことを教えてやらねばならなかった。実際のメンテナンスは搾油所で可能だろう。あそこなら、機械油を始め、一通りのものが揃っている。

ボストンバッグを背負って交番を出ると、再び大神田を目指した。

搾油所の中では男どもが俺の到着を待っていた。

こいつらも使ってくれと、ホアンが紹介を始める。

「チャンだ」

肥満男――

「こっちが、レー」

若禿げ野郎――

「最後にファム」

坊主に口髭――この三人にホアンとグエンを合わせた五人が、俺が使えるベトナム軍となった。

「これだけいれば、十分だ」

確かな勝機を見出《みいだ》している。

「正直に言え、ホアン。お前も、銃を隠してるな？」

決まりが悪そうに笑みを浮かべると、ホアンは手にしたリュックの中から同じ形をした二丁のオートマチックを取り出した。

「ハッハー、見せてみろ」

両手で受け取り、隅々まで確認する。

「驚いた。コルトじゃねえか」

製造番号を潰され、大分昔のものだったが、本物のコルトガバメント、M1911A1ミリタリーモデルパーフェクトバージョンであることに間違いなかった。

「昔新宿で、中国マフィアの下っ端から、たまっていたマリファナのツケの代わりに受け取った。手に入れてから、そのままだ。弾倉の中に弾もあるが、撃ったことはない。脅しに使ってた」

「手入れはしてんのか？」

「特になにも」

「危険だぞ。この世にメンテナンスの必要がないものは、ひとつもない」

肉体、そして精神も。

「フィールドストリッピングをしてやる」

「なんのことだ？」

「工具を使わない分解だ。コルトは、手でばらせる」

素早くカバーのようなスライドを引き抜き、作業台へ置いた。続けて、銃身、スプリング、グリップ部、弾倉と分解してみせる。すぐさま、組み立て直す。

「見てただろ。やってみろ」

「分かった」

ぎこちない手つきながらも、ホアンはなんとか分解する。筋は悪くなかった。

ボストンバッグを開け、拳銃用のボアクリーナーを二本取り出した。細い布の先端にさらに細い紐がつけられ、金属棒が通されている。

「これを使って、銃口の中に機械油を塗っておけ」

ホアンとチャンが作業に取り掛かった。

傍らの二つの弾倉を確認する。それぞれ十五発、マックスで装塡《そうてん》されている。これならば、あとで二、三発は発砲練習に使えると踏んだ。

「俺が持ってきた銃は、三丁。ひとつは、この、ニューナンブM60だ」

革帯のホルスターからリボルバーを抜くと、作業台の上に置いた。

「一丁は自分用で、ラストがこいつだ」

ボストンバッグから近接戦用に警察の特殊部隊で使用されているオートマチックを取り出し、続けて台の上に置く。大事な相棒とともに、左遷を宣告された直後に奪ってきたものだ。

「ベレッタM92だ。連続発射性能が高い銃だ。こいつは——」

左横に座るグエンに、視線を向ける。

「お前が使え」

僕が――初めて実銃を持つのだろう、グエンは両手の上の鉄の塊を食い入るように見つめていた。

「向こうは、何人だろう」

コルトの整備を終えたホアンが、似つかわしくないか細い声で口にする。

「この島は高齢化が進んでいる。島民を、分かりやすく、多く見積もって、二百人とする。昔から女系の島だから、男は多くて八十人。その中で、老人を除いた戦う意欲のあるやつは、せいぜい六十人弱だろう」

「五対、六十か」

「実際の戦力は、四十人くらいのはずだ。弱気になるなよ。無駄な恐怖を生むぞ」

「そうだな。俺たちには、武器もある」

「一人分、銃が足りない」

気まずそうに、レーが言った。

「新入りの三人、じゃんけんをしろ。分かるよな」

命じると、三人は素直に勝負を始める。

「メンノーダマー（くそ）」

チャンが負けた。

「せっかく銃の手入れをしたのに」

悔しそうにチャンが両手で顔を覆う。

「残念だったな。お前は、これを使え」

特殊警棒を取り出すと、チャンへ手渡してやった。

「軽くて丈夫で扱いやすい。少し離れたところからでも、ぶっ叩けるぞ」

チャンは特殊警棒を伸ばし、質感を確かめている。

「ファム、お前はリボルバーを使え。弾は二発残ってる」

必然的に、レーはコルトガバメントを使うことが決定する。

「それで、作戦はあるのか？」

攻撃的な表情に戻ったホアンが質問してきた。

「もちろんだ。この六人を、みっつの班に分けて戦いを進める。拘束班がひとつと、包囲班がふたつだ」

実戦のブリーフィングを始めると、五人の顔つきが一気に引き締まる。しょぼいベトナム軍だったが、SATの突撃前の緊張感を久々に思い出し、悪くない気分だった。

「俺とグエンが、拘束班だ。目標は、説明するまでもなく、天乃家の屋敷であり、姉《きょう》弟《だい》だ。容易に見つからないように、大神山の山腹から攻め込んでいく」

人となりを知らない三人は論外だが、パートナーをホアンにするのは御免だった。かっとしやすい馬鹿ほど、使えねえものはない。こういうタイプは、鉄砲玉に仕立てるに限る。多少気が弱いとはいえ、グエンの方が忠実に命令に従うから使いやすい。

「残りの包囲班ふたつは、拘束班のおとりといえる。俺たちが攻めやすいように、島の北と南から、挟み込むように進むんだ」

全員が神妙な面持ちで聞き入っている。

「ホアンとチャンは、交番がある北側方面から天乃家のエリアへ進め。大神山へは、あまり深く立ち入るな。麓近辺までにしろ。その方が、カモフラージュになる」

「よし」とホアンが答えた。

チャンも首肯している。

「レーとファムは、南側から攻めるんだ。お前たちも、麓付近を進め。俺とグエンに、なるべく敵の目が行かないようにしろ」

「努力します」

レーが力強く返事をした。

ファムも「なるべく、こっちで敵を引き付けます」と約束した。

「柚介と遊太、この二人を戦意喪失に追い込めれば、こっちの勝ちだ。天乃家の女に暴力で負けるわけがないからな。二人を屈服させたら、天乃家のやつらには銃刀法違反など適当な罪をかぶせて、本庁に渡す。大麻取引や売春には捜査が及ばないようにする。旨味《うまみ》を残さねえとな」

ありえないことだが、万が一天乃家に負け、本庁が捜査に出張ってきたら、全部ベトナム人どもが企てたことにすればいい。

ファムが、

「もしも向こうに捕まったら、殺されますか?」

と悲愴《ひそう》な目つきを向けてきた。

「おい。死ぬこと考えたら死ぬぞ。勝つのはこっちだ。誰かが一時的に囚われても、必ず解放してやる」

納得したように、ファムが深く頷いた。

「それじゃあ、次は射撃訓練だ。チャン以外、それぞれの銃を手にして外へ出ろ」

ボストンバッグで眠り続ける相棒をゆすって起こし、ストラップを肩にかけた。

「すげえ銃だな」

歩きながら横目で見ているホアンが、感嘆の声を漏らす。

「サブマシンガン、MP5だ」

「そんなもんで撃たれたら——」

「悲惨だぞ。こいつひとつで、島民全員をミンチに出来る」

裏手にあるごみ箱ごと、グエンに持ってくるように命じた。

到着すると、中からいくつかの缶や瓶を取り出し、前方へ並べていく。

「お前らもやれ。適当でいい」

五人も同じように並べていった。

「実戦では、なるべく殺すな。こんな島でも、死者が出ると厄介だ。やむなく撃つ時は、足か、肩口を狙え」

MP5を構えると、弾の無駄遣いにならないよう抑え気味に、左から右へと掃射のように発砲した。地響きのような手応えとともに、的が次々と吹っ飛んでいく。

しびれる反動だぜ。

両頰と胸中、そして不能のはずの股間までもが焼けるように熱くなる。

「大麻食うより、イっちまうぜ」

腐ってなかった。俺も、こいつも。

「衝撃が、半端ねえな」

頰を緩ませながら、ホアンが感想を述べた。

「ハッハー。相棒が、目を覚ましたぜ」

久々の感覚に酔いしれていた。

普段は見ないカラスの群れがやってきて、不快な鳴き声を上げていた。

トヨタマヒメ祭りの二日前の朝——今日が最後の祭祀になるだろう。早朝、予想外の来客から話を聞き終えると、交番を出て太陽神籬へ向かった。最後にもう一度、遠目で祭祀を眺めようと思った。

交番へ戻ってスチール椅子に座っていると、二人の男が訪ねてきた。一人は桑原で、もう一人は前歯が抜けて手拭いを頭に巻いた男だった。

普段とは異なり、桑原は視線を合わせようとしない。

「わしらは、神々の使いだ」

歯抜けが居丈高に告げた。

「ハッハー。来る頃だと思ったぜ」

「覚悟を決めてたんだな。そいじゃあ、話が早い。明後日《あさって》の昼に、トヨタマヒメ岬まで、われが自分で来い。もしこん時は、わしら島の者が連れていくことになる」

月へ飛び立つ予定を聞かされているようで、笑みがこぼれてしまう。

「われも、最後ぐらいは男らしく、自分できさい」

「俺は、サメの餌になる気はねえ」

桑原が目を丸くし、「それなら、なーしんだ？」と不安げに尋ねてくる。

「天乃家のやつらに伝えろ。二日後に戦争だ。屋敷の地下に、大麻やハシシの貯蔵庫があるよな。運搬の手伝いに駆り出されたやつらから、話は聞いている」

チャンとレーから得た情報だった。

「そいつも、俺が奪ってやる」

「われ、ベトナム人が味方についたところで、島全体を敵に回すのは厳しいじぇ」

諭すように桑原が言った。

「心配はいらねえ。この島は俺がもらう。だからお前も、死にたくなかったら、店に出ないで家にいろ」

桑原は再び下を向いた。

「このばはっけが。泣きを見ても知らんぞ」

捨て台詞を残すと、歯抜けは背を向けて歩き出す。

ばつが悪そうに、桑原もあとへ続いた。


午後になり、ベトナム兵に気合いを入れるため、大神田へ向かった。

途中、右手の船着き場を通り過ぎたあたりで、見知らぬ二人組を見かけた。

やけに神妙な面持ちで、観光客とは思えない。二十歳そこそこの男で、ともに深くキャップを被っている。一人は黒いマウンテンパーカーで、一人は黒いライダースジャケット姿。警察官が内偵を進めるための服装だが、あり得るだろうか。それとも、有林組の偵察部隊か。

二人は右側の緩やかな傾斜を下り、砂浜の方へ歩き出した。

見失わないよう、急いで駆け寄った。

しかし、砂浜には誰もいない。代わりに、十メートルほど先の海面を進んでいく、真っ黒なエンジン付きゴムボートの後ろ姿を確認した。

まさかと思ったが、本庁のやつらもそこまで馬鹿じゃないということか。それとも、新たな半端者が島の大麻を狙ってるのか。

どちらでも構わなかった。どのみち、今さら決戦をやめることは出来ねえ。

*

突如として、幼い頃の記憶が谷垣の胸に過ぎった。初めての虫歯治療に怯えて、眠れぬ夜を過ごした日のことだ。抜歯の痛みを恐れていたなんて、当時の自分はどれほど無垢だったのだろう。

それが今では、清濁併せ呑むことを覚え、いやむしろ、ずっと汚水の中を進み続けている。

会議室では眉を吊り上げた高田管理官が説明を行っていた。

「内通者である島民と、こちらから送り込んだ特殊部隊の密偵による報告によれば、中田は島民全体と対立しているようだ」

緊張からか、高田管理官の声音はいつもより高かった。

「対立は激化し、ついに明日、ベトナム人労働者と組んだ中田と、島の有力者である天乃家と島民との間で、武器を手にした衝突が起こるという。この情報は先ほど述べた通り、複数の筋から得たものゆえに、間違いはない」

これまでの極秘会議とは異なり、今回は川村を始めとする特殊部隊の人間も数名同席している。

「被害を最小限に抑えるため、我々は明日、早朝に上陸し、事態を収めなければならない。幸いと言うべきか、一昨日の午後、気象庁が大神山について、噴火警戒レベル4の特別警報を発表した。今まで予測が的中したことはないようだが、一部の高齢者や観光客は避難済みだ。従って、外部の者に作戦を知られる心配はない」

最終段階でも川村たちは、上層部の真の狙いを知らされてはいなかった。あくまでも中田が暴走したため、制圧に向かうとだけ聞かされた次第だった。

谷垣率いる特殊班の総勢五人は、真の目的を知っていた。

謹慎明けを条件に裏の任務を打診されてからというもの、谷垣は自分が出来ることを、必死に、淡々とこなしてきた。そのためか、当初あった罪悪感は薄れていった。

一方、本音では、すぐにでも浅岡を逮捕し、官房副長官の窪塚を含む腐った権力者たちをも一網打尽にしたかった。

しかしその前に、先の会議で高田管理官が述べた通り、天照島のスキャンダルで警視庁自体が機能しなくなってしまっては元も子もないのだ。

谷垣にとって、命を懸けられる仕事は警察官しかなかった。この先、自由に正義の海原を泳ぎ回るためにも、まずは海そのものを守らなければならなかった。たとえ、汚染が進んでいても。

以前の日本刷新党によるテロ事件の際には、上層部の判断を無視し、独断で、犯人である井岡の思いを、マスコミを通じて世間へリークした。

今回は、そんな手は使わない。警視庁を確固とした捜査機関として維持するため、障害を取り除くことこそが己に課せられた使命なのだと言い聞かせた。

高田管理官が口を開いた。

「なお、中田についてだが、島へ赴任する際に、特殊部隊のロッカールームから、無断でMP5とベレッタM92を一丁ずつ持ち出している。よって、諸君は十分に注意しなければならない。だが、これには都合のいい側面もある。この事実を理由にすれば、中田を制圧する大義名分が立つからだ」

逮捕してやる——

中田を制圧し、後ろ手に手錠をかけて連行する自分の姿を、強くイメージした。

「谷垣、分かってるな?」

終了後、高田管理官が歩み寄り、小声で口にした。

「よし。大麻畑を見つけたら、すべて燃やしてこい。あらゆる証拠もろとも、天乃家もだ」

「私は、警察人です」

なにも答えず、谷垣は視線を返した。

「伝えてなかったが、こいつだけは殺すな。内通者だ」

高田管理官が耳元に近づき、名前を囁《ささや》いた。

谷垣は無言で首肯した。高田管理官が続ける。

「気を付けろ。浅岡と関係が深い有林組が、不穏な動きを見せている」

「どういうことですか？」

「もしかしたら、島と関係があるのかもしれない。天乃家は有林組にも大麻を卸していたようだ」

谷垣は考えを整理した。島の利権を貪り続ける浅岡が、この事実を知らないわけがない。とすると、販売先として有林組を紹介したのは浅岡かもしれなかった。

きっと、その通りだろう。

卑屈に歪んだ顔を浮かべながら、確信した。どこまで腐った男だ。

「報告では、少し前の大麻取引の現場に、中田が立ち会ったそうだ。取引自体は最後まで行われたようだが、あいつのことだ。なんらかのトラブルが生じたのかもな」

谷垣も同じ考えだった。

「そうだとしたら、乗り込んできた組員と鉢合わせる可能性がある。油断するなよ」

「気を引き締めて臨みます」

「頼んだぞ。最後に中田のことだが、恐らくあいつは、大麻の流れに気付いている。有林組以外へも渡っていると」

赴任してこれだけ時間が経てば、谷垣もその公算が大きいと判断している。

「あいつは、知りすぎてしまった。もう、引き返せない——」

両目を充血させた高田管理官と、目が合った。

「そうだ。中田を消せ」

*

夜行性のはずの鈴虫が、日の高いうちから鳴いている。強い日差しに清らかな虫の音はミスマッチだった。

決戦を明日に控えた午後、グエンが交番へやってきた。ともに船着き場へ向かうと、周辺に四人のベトナム兵が集まっていた。

「明日の下見をこっそり進めていたら、見つけたそうです」

グエンが状況を説明する。

四人の中心へ近づいていくと、そこだけやけにハエがたかっていて、旋回している。さらに、普段嗅ぐことのない、すえた臭いが漂ってきた。

「なにがあった？」

確認すると、大口を開けた榊原が顔を右に向け、うつ伏せに倒れている。目を開けているが、ぴくりともしない。

「死んでるのか？」

「ええ。俺たちが見つけた時には、もう――」

小さな声でファムが答えた。

日差しが強いために、死体の傷み具合も早まったのかもしれない。

「よし。非公式だが、検死を行う。お前らは下がってろ」

白手を取り出してはめると、遺体の右側にしゃがみ込み、観察を始めた。榊原は長袖の白シャツに黒いスラックス姿で、一見すると外傷は見当たらない。

横向きの榊原と顔を見合わせるように、右掌と右耳を地面につけた。

新居へ引っ越しをするように、左右の鼻の中へ複数のハエが忙《せわ》しなく出入りを繰り返している。

突然、口の中から小さなコオロギが飛び出し、思わず舌打ちした。

両目には眼球結膜に溢血点《いっけつ》が発生していた。毛細血管の破裂によって生じるもので、絞殺や扼殺《やくさつ》された遺体に現れる所見と言える。

他殺だな。

しゃがみ込んだ姿勢に戻ると、両肩から首のあたりへ慎重に触れ、確認していった。全身に硬直も見られることから、死後五時間前後だろう。

「ノー　ラー　ニムチョン（大変だ）」

「ヴァッアイ（ヤバい）」

慌てふためいた様子で、ベトナム兵どもが声を上げた。

「黙れ。これくらいで、うろたえんじゃねえ。全面対決じゃあ、もっと死者が出るかもしれねえんだぞ」

立ち上がって声を荒らげると、静まり返った。

「でも、死体をずっとこのままにしておくわけには」

困り顔のグエンが口にした。

「いや、俺たちはツイてるぜ。こいつを、神への捧げものにしようぜ。明日の勝利を祝った、供えものだ」

グエンが目を丸くする。

「誰か、ビニールシートを持ってきて、死体をくるんでおけ。あとで、サメに食わせちまえばいい」

チャンとレーが小走りで去った。

＊

武者震いをするかのように、朝から小さな地震が続いている。

島も興奮してやがる。

日の出直前の薄暗い時刻に、長袖シャツに防刃ベストをつけ、待ち合わせ場所である搾油所へ向かった。張り詰めた冬の空気だったが、胸元に忍ばせた垂玉が温かく感じるほど、体温は上がっている。

MP5を背中に回し、ウォーミングアップを兼ねて、駆けて向かった。

「お前ら、腰に頭陀袋をつけて、中に麻縄を入れておけ。相手を拘束したり、木に結んで斜面を駆け下りたり、いざという時に色々と使える」

作戦の確認をしながら、兵隊に指示を出す。

五人は言われた通りに準備を進めた。

「ホアン。例のブツは、用意できてるか？」

「ああ。持ってきたぜ」

ブルゾンのポケットに右手を突っ込むと、ホアンは紙で巻かれた四本のジョイントを取り出した。

「一本ずつ取れ」というホアンの指示に従い、四人のベトナム兵どもが手を伸ばす。

「よし。お前ら、決戦前に大麻を一服キメろ。余計な緊張が消えて、楽になれるぞ」

まずはホアンが口に咥え、手にしたライターで火をつけ、煙を吐き出す。それから、ファム、チャン、レーの順に火をつけてやった。

グエンだけが、右手でジョイントをつまんだまま、逡巡《しゅんじゅん》している。

「ニャンレン(早くしろ)」

強い口調でホアンが告げると、グエンは渋々といった感じで咥える。火をつけてもらうと、途切れ途切れに薄い煙を吐き出した。

「あんたは、本当にやらなくていいのか?」

「舐めんな。こっちは戦闘のプロだ」

ホアンの言葉に、ほほ笑みを返してやった。

思惑通り、兵隊どもはいい感じにリラックスした様子だ。

「よし。包囲班は、大神山の麓の大きな岩に身を隠しながら、進んでいけ」

指示を出すと、四人は硬い表情で頷いた。

「うんら、ほんに神々のところへ攻め入る気か」

急に遠くの方から声が響いてくる。

目を向けると、鍬《すき》と鍬《くわ》を構えた三人の初老の男が遠くから歩いてくる。

「馬鹿はやめとけ。それとも、こいつでかっくらーしてやらねえと分からねか」

愚かにも武装していることを知らずに、先頭の男が大声で挑発してきた。

「ハッハー。ホアン、射撃練習の成果を見せてみろ」

「あいつをやるのか？」

「そうだ。缶を撃つつもりで、左脛を狙ってみろ。気をつけろよ。狙いをつける時間が長いと、感づかれて逃げられるぞ」

「分かった。ふう――」
五、六メートル離れた三人組の方へ向くと、ホアンはコルトガバメントを取り出して両手で構えた。平均的な拳銃の有効射程は約四十五メートルだが、銃弾自体には百メートル前後まで命を奪うポテンシャルがある。つまり、センスがあればこの程度の的は余裕で命中できる。
天から岩が落ちてくるような、重低音が耳をつんざいた。先頭の男が絶叫し、鍬を手放して仰向けに倒れた。両手で左脛を抱えながら身をよじっている。

「ぎゃっ。ほんに撃ちよった」

「よこじろもいいとこじぇ」

二人の男が金切り声で怒鳴ってきた。

「おい、あるへんか？」

一人の男が撃たれた相手の手を取って立たせようとしている。だが、のたうつばかりだった。

「駄目だ。いぐぞ」

二人の男は一目散に逃げ出した。

「ハッハー。いいぞ。よくやった」

口角を上げて、ホアンが目配せしてくる。

「吊るせ」

「なに？」

「チャンと一緒に、あいつをこっちまで運んでこい」

「——どうして？」

「椿よりも高い木の枝に、逆さ吊りにしろ。攻めてくるやつらの注意を向けさせて、隙を作るんだ」

言った通り、ホアンとチャンはそれぞれ脇の下と両足首を持って、搾油所付近まで男を運んでくる。

「なー、許してくれ。死んじまう」

「うるせえ。足の肉がえぐれただけだ——ホアン、こいつに麻縄で猿轡をしろ。イノシシだと思え」

「ああ。貧相なイノシシだけどな」

「ハッハー、言うじゃねえか。よし、チャン。お前は、両手首と両足首を縛り上げろ」

「分かった」

すぐに、チャンは仕事に取り掛かった。痛みで身をくねらせる男に構わずに、きつく縛っていった。

「最後、足首に通した縄に、もう一本長めのものを通して結べ。木の枝に引っ掛けて吊るすためだ。そこを持って、木の下まで引っ張っていくことも出来る」

チャンは麻縄の束から五メートル以上を切り出し、足元に括《くく》りつけている。

「それでいい。二人で適当な木を探して、吊るして来い」

ホアンとチャンは、二人で男の足元から伸びる麻縄を引き、進んでいった。

しばらくののち、嗜虐《しぎゃく》的な笑みを浮かべながらホアンが戻ってきた。

「ばっちりだ。逆さに吊るしてやった。罠にかかったイノシシより、ピーピー言ってたぜ」

「いいぞ。ハッハー」

腕時計を確認してから、両手でMP5を構えて天へ向けた。空をぶっ叩くように四連射する。戦闘開始の合図だ。

「攻め入るぞ」

五人は、かっと目を見開いた。

「敵どもを蹴散らして、天乃家の屋敷まで進め。そこで落ち合おう」

ホアンとチャンは左側へ、俺たち四人は右側の天乃家のエリアの方へと進み始める。指示した通りに、木の枝から巨大な芋虫がぶら下がり、身をくねらせている――その数メートル手前で、歩を止めた。

「ここから、俺とグエンは山の中を進む。二人はこのまま平野を進んでいけ」

レーとファムが血走った目を向け、何度も頷いてみせた。

「行くぞ、グエン」

俺は左を向き、MP5を前方に構えながら、麓に並ぶ巨岩の列へと進んでいく。

「――出来るだけ、相手をこれで叩きます。ぎりぎりまで、銃は使いたくないんです」

山を登りながら、グエンが木の枝を拾い、口にする。

「好きにしろ。けれど、いざという時は撃て。自分がやられるぞ」

「分かってます」

十分ほど真っ直ぐ登ったあと、向きを変え、天乃家の方へ山腹を進んだ。

突然、数発の銃声が響いてきた。

「正面奥から、銃を持った島民が迫って来てるんです」

慌てた様子で、後方のグエンが声を上げる。

「もう一度上へ向かうぞ」

発砲音が続いており、銃を持ちなれていないはずの島民にしてはやけに思い切りがいいことが気になった。

「出てこい、こらあ」

すぐに、理由が分かった。

さっきから俺たちを狙っていたのは、天乃家についている島民じゃねえ。茂みの間から、びっこを引くように小さく歩く、ダセえ稲妻ラインの刈り上げ頭がちらりと見えている。大麻取引にやってきた、有林組の男に間違いなかった。ほかにも二、三人の気配があることから、手下を連れて復讐《ふくしゅう》のために戻ってきたのだろう。

ウケるぜ。今日が決戦の日だとは知らずに、勝手に血走ってやがる。

敵の方を向いて腹ばいの姿勢になった。右下がりの斜面なので、多少構えづらかった。

慎重にやくざどもの足元を狙い、MP5を掃射する。

何人かの濁った叫び声が響いてきた。

楽しくなってきたぜ。やっぱり、戦闘は最高だ。

サメ祭りなんて、足元にも及ばねえ。

立ち上がり、少しだけ近づき、前方の様子を窺う——木々の葉の間から、大の字になっている稲妻ラインを確認する。

馬鹿が。せっかく片足だけで済んだのに。無理矢理リベンジに訪れたりするから、本当に歩けなくなるんだ。

左へ向き直り、さらに斜面を登った。

確か、このあたりは——念のため、大きめのハンカチを取り出すと、三角に折って鼻と口を覆うように結ぶ。すぐ後ろのグエンにも、同じようにしろと命じた。

「おい」

三メートルほど上から、遊太の声が聞こえた。

「降参しろ。俺は、お前を、殺したくない」

垂れ下がる木々の枝の葉の隙間から、拳銃を向けていることが確認できる。数人の島民も引き連れているようだ。

「遊太、鬼ごっこだ」

相手に告げると、記憶を頼りに左斜め上方へ駆け出した。

遊太も続いてくる。

「とまれ」

遊太の声のあとから、銃声が追いかけてくる。

後方の気配から、遊太が引きつれている島民は数人どころではなく、十人を超えているかもしれないと思い直した。これだけ密集していると、威嚇であってもMP5を発射するのは危険だった。

右手前方に、見覚えのあるストーンサークルが見えてくる。

間違いねえ。こっちだ。斜面を駆け上がっていく。途中から、あまり呼吸をしないようにした。

「うっ」

「げっほ、げっほ」

背後から、苦しそうに呻く声が聞こえてくる。

このあたりに硫化水素ガスが漂っていることは、以前足を踏み入れた時に確認済みだった。温泉地などでも確認される毒ガスのため、活火山周辺で発生するのは当然といえた。大神山の深くに立ち入った者が死亡するケースも、禁忌を破った祟りなどではなく、多くの場合は中毒によるものだろう。

追手が止まり、一息ついたのも束《つか》の間《ま》、斜面が大きく揺れ始めた。きかん坊が激しく駄々をこねるように、不気味な地鳴りも続いている。

次の瞬間、MP5の掃射音など歯牙にもかけないほどの、巨大な大砲のような炸裂《さくれつ》音が轟《とどろ》いた。地面の揺れも一層大きくなり、両手をついて耐え忍んだ。

しばらくして揺れが収まると、痛々しい叫び声が方々から響いてくる。

気温が一気に上がっている。初冬にそぐわない、尋常ではない暑さだった。同時に、喉が痛くなるような、酷い焦げ臭さが漂ってくる。

まさかと思ったが、間違いなかった。左斜め前方の木々が、ゆっくりと根元を溶かされて倒れ、焼失していく。

大神山が怒りやがった。

こぼしたインクが紙を黒くするように、縁だけがやけに赤い漆黒のマグマが、斜面をゆっくりと下り、触手を伸ばしてくる。

マグマによって前方の視界が開けると、それまで潜んでいた島民の姿が次々と露になった。誰もが悲惨極まりなく、口を大きく開けた泣き叫ぶ顔を最後に残しながら、足元から飲み込まれていく。

戦場でも見ることが出来ない悲惨な姿を目にして、ボルテージがさらに上がった。

「ハッハー。人が溶けんの、初めて見たぜ」

花崗岩《かこうがん》になりやがれ。

「早く行きましょう。危ないです」

額に玉の汗を浮かべながら、グエンが声を上げた。

「びびるな。大丈夫だ」

ショーを十分に堪能し、思わぬ方向からマグマが襲ってこないうちにと、一気に斜面を駆け下りていく。向かうは天乃家だ。

麓を守護する巨岩の列の間を抜け、平野へ下り立つ。そのまま左を向き、屋敷の方を目指した。

正面から癒阿が歩いてくる。いや、由依と言うべきか。とにかく、火山の噴火などものともしない表情だった。周囲には、鎌など農具を手にした五人と、拳銃を手にしている一人、計六人の島民を従えていた。

「しばらくの間、お前はここで見張ってろ」

グエンは黙って頷いた。

一人で進んでいき、やつらとの距離が二メートルほどの位置で足を止める。

「由依はどこにいる？　生理休暇でも申請したのか？」

ジャブのような挑発に、癒阿は表情を変えなかった。

「ハッハー、イカサマ女。神話的にもおかしいだろう。どうして姉がタゴリヒメの化身で、妹のお前がアマテラスなんだ？」

「黙れ。大神様に失礼じぇ」

島民から非難の声が上がる。

「お前らだって、分かってんだろう？　しらじらしいぜ」

　全員静かなままだ。

「姉貴と同じで、お前も右手首の内側にほくろがある。資料館に飾られている天乃家の家族写真にも、娘は一人しか写っていねえ」

　癒阿は涼しい顔のままでいる。

「禁忌地区で見られる男女の霊、あの片割れがお前の母親、愉子なんだな。かつて憔《しょう》悴《すい》し切っていた愉子を助けた、新田という男と一緒に大神山の中で暮らしている。人目についてはいけないからな。悲惨な暮らしだったぜ」

　癒阿の眉が吊り上がり、表情が一変した。

「――聖女が消えたな。利権まみれの、俗物女王に戻りやがった」

　正面に立つのは、どこからどう見ても由依だった。

　右へ軽く尻を突き出し、右手で叩くさまを見せてやる。

「ケツをパンパン鳴らしてみろよ、あん？　下半身で音を鳴らすの、得意なんだろう？」

　由依は右頰を大きく歪めた。

「中学の時に、島外のやつらの冷たい視線にさらされたお前は、天照島がいかに異端視されているかを知った。それからおかしくなっちまったお前は、日常のリアルを生きるための本来の由依と、神話のファンタジーを生きる瘉阿、ふたつの人格を持つようになった」

由依が険しい表情になる。

潰したアリをもう一度踏みつける気持ちで、止《とど》めを刺しに出た。

「どうだ？　いっそのこと、女に生まれてきたことを呪うか？」

「ぶっ殺すべ」

「ああ、いぐぞ」

島民どもが迫ってきた。

ＭＰ５を構え、猿どもの足元に狙いを定める。

「待ちなさい」

制止するように、由依が声を発する。

「昔の話をしようぜ。お前は、例の一件から愉子に強く当たり続けた。それどころか、刺したらしいな。でもよう、今は亡き父親の豊は、確かにやりすぎだったよな？　せっかく一命を取り留めた愉子を、教育がなっていないだけで、あんな山奥に追放したのは酷いよな。お前、変だと思わねえのか？　刃傷沙汰《にんじょうざた》から、大分経ってからだぞ」

由依が強い緊張の色を浮かべる。

「ここからは、死ぬ直前に交番へ来た榊原から聞いた話だ。お前が刺し殺そうとしてから三年後に、愉子が追放された本当の理由は、愉子自身の不義がばれたからだ。お前は、戸籍上の父親である豊の子じゃねえ。不倫相手とのガキなんだろう？　いや、買春した見ず知らずの男って話もあるな。しかも、父親候補は複数いて、特定できないんだってな」

堪え切れずに、話しながら口角が上がってしまう。

「ハッハー。お前の母親はよう、本物のあばずれなんだ。だからお前にも、島の男どもをひれ伏させる色気が備わっているんだ。もしかして、ここの男は全員、お前の母親とヤってるかもな」

一人ずつ、島民の顔へ目を配っていった。

全員、ばつが悪そうに下を向いてやがる。

「かつて愉子から妊娠の相談を受けた医師の新田は、本土に協力を仰いで親子鑑定をしてやったそうだ。結果、お前は豊の子じゃないことが判明した」

由依は肩を震わせている。白い顔が真っ青になり、生気が消えていた。

「お前が十八の時に、ようやく真実を知った豊は激怒し、鑑定に協力した新田もろとも、二人を山の中へ追放した。とばっちりを受けた新田だが、密かに愉子に惚《ほ》れていたから、島から脱出しなかったんだ」

ぼろ屋で対面した、二人の様子を思い起こした。

「いや、きっとお前の母親は、言い寄ってきた当時の新田に、股を開いたんだろ。ハッハー」

目を細めた由依が、睨んでくる。

「もう一度、憎い母親を殺してきたらどうだ？」

由依が不敵な笑みを浮かべた。

「無礼者を殺してからよ」

「舐めた口を利くな。社会のルール知らねえのか？　ビッチとヤリチンは、上から物を言えねえんだよ。下半身でしか、会話できねえからな」

顎を引いた由依が、睨んでくる。

「都会じゃあ、快楽と引き換えに権威を失うんだよ。離島のビッチ姫」

両眉を吊り上げた由依は、唇をひくつかせている。

もう少しだ。心をぶっ壊してやる。

「お前は、とっくに効力が切れている因習で、島民を縛り付けているだけだ」

「違う。島の神々から授かった、ほんの霊力があんじぇ」

取り巻きの一人が口を挟んできやがった。

由依の呼吸は焦ったように荒くなり、肩が大きく上下している。

「ハッハー、動揺してるな。ついでに、いいこと教えてやろうか？　代々続いている、天乃家の男の、裏の仕事のことだ」

「──なんのこと？」

間の抜けた声で、由依が尋ねてくる。

「例の、大麻のことだ。お前はおかしいと思わなかったか？　あの広い栽培地から収穫されるすべてを、ひとつの暴力団相手に卸していたって、本気で信じてるのか？」

真顔のまま、由依は口をつぐんでいる。

「だとしたら、相当めでたいぜ。さばききれるわけねえだろう」

「じゃあ、残りは？」

「本土のやつらに送っていたんだよ。その相手は、恐らく半グレとかの組織だろう。森沢が、そことのパイプ役だ。お前の父親がやっていたことを、今は柚介が受け継いでいる。本土で格闘家をしていた時からだ。知らなかっただろ？　お前ら姉弟は、どこかぎくしゃくしてるからな」

「じゃあ、あいつが、度々視察に来ていたのは──」

由依は最後まで言わなかったが、それとなく全体像を把握したようだった。

「そのあたりの話し合いのためだろうな」

由依は全身を震わせている。

「これで、分かっただろう。この時代に、神々なんているわけねえし、霊力なんてものも、あるわけがねえんだよ。価値があるのは、大麻と売春、金と権力だ」

「──そう。なら、撃ってみればいいじゃない」

突然、乾いた笑いを浮かべると、由依は無防備に両手を大きく広げてみせた。違う。

虚ろな顔を向けているのは、癒阿だった。

上等じゃねえか。

左の太ももの外側に狙いを定めた。

日差しが反射したのか、スコープ越しの視界が虹色に輝いた。初めての経験だ。

気に留めずにセミオートに切り替え、一発だけ発射する。

至近距離にもかかわらず、命中しなかった。

風か？

もう一回、トリガーを引く。

命中しなかった。

馬鹿な。わけが分からねえ。

スコープから顔を離し、両目で癒阿を確認する。湯気が出ているように、体の周囲が白く濁って見える。

その時、島民が、「マグマじゃ。こっちへも来るずら」と俺の左側を指差し、怒鳴り声を上げた。

目を遣ると、巨岩の列の少し奥まで、黒い影が迫っている。

「御神火《ごじんか》じゃ。逃げろ」

「大神様も早く」

一行は背を向けると、癒阿を取り囲むようにして駆け出した。

あとを追うべきか逡巡したが、今は自分の命を優先すべきだ。だが、両足がしびれたように麻痺《まひ》しており、動けなかった。

癒阿に、ぶるってんのか。

まさかあり得ねえと右手で拳を作り、右、左と、太ももを叩いてほぐした。

身を翻し、反対側へと駆け出す。

「行くぞ、グエン」

二人で右の斜面を駆け登った。しばらく登ってから右へ向き直り、再び大神山の山腹を進んでいった。

前方から怒鳴り声が聞こえた。茂みのせいで、相手の姿をはっきりと見ることは出来ない。それでも、六メートルほど先から数人が向かってくる気配を感じた。

目を凝らすと、複数の相手の足元が微かに見える。

少し手前を狙い、オートで二発発射した。

すぐに違和感を覚えた。

前方の島民は撒き餌《まえ》かもしれねぇ。

左上方の茂みから柚介が現れると、右手のグロック17を左頬に向けてくる。

「害獣は、もっと早く駆除すべきだった」

柚介の顔つきは普段と違っている。目を細め、殺意に満ちている。

「その、ふざけた銃から手を放せ」

言われた通り、両手を上げた。

「死んでもらうぞ――」

「分かってねえな。害獣を増やしているのは、お前自身だ」

柚介が眉根を寄せた。

「意味は分かるよな。本土の豚どもに餌をやり、島を堕落させている。お前自身も、一緒に太り続けている」

間隙を突いて左手を伸ばすと、銃口に掌を被せ、人差し指、中指、薬指の三本でスライドカバーを押し込んだ。

「なっ――」

トリガーを引けないことに戸惑っているのだろう、柚介が焦りの色を浮かべる。

「素人には分からねえだろう。ショートリコイル式の銃は、スライドを少しでも引かれた状態にされると、撃てなくなるんだよ。ハッハー」

この方法は有効だが、人並外れた筋力が要求される。今の俺には余裕だ。

「グエン、こいつの右手をぶっ叩け」

左後方から木の棒が伸びてきて、容赦なく打擲する。

グレッグ17が地に落とされると、右足で蹴飛ばした。MP5を背中に回してしゃがみ、右手で手頃な石を握ると、その拳で相手の左頬を殴りつけた。

低い声を漏らして、バランスを崩した柚介が尻をつく。

原始的に思えるが、拳に重さと硬さを加える方法は非常に有効だ。汚いボクサーはバンデージを石膏《せっこう》で固めておく。こうすれば、こめかみにパンチがかすっただけで、相手はよろめき、のたうち、戦意を喪失する。

「俺は、格闘家じゃねえ。戦闘員だ」

馬乗りになると、重みの増した右の拳で、柚介の左頬をもう一度上から殴りつけた。

「お前が人を殺したっていう話、意味が分かったぜ」

「あれは、受け身を取り損ねた、不慮の事故だ」

ダメージによる苦悶の色を浮かべながらも、力強い声で柚介が否定した。

「多分、その通りなんだろう。本当にそうならジムは閉鎖されるはずだが、現在も続いている。勝手なこと言って、世間は残酷だよな。けど俺も、二度もチャンスがあったのに、どうしてお前は俺を仕留めなかったのか、色々と考えたぜ。リンチがトラウマになって、お前はきめきれなくなったのか、とかな。でも、違うよな？　お前は、もっとヤバい罪を犯している。故意に人を殺していたんだ」

ぴくりと、柚介の両眉が大きく上がった。

「榊原から、色々と面白い話を聞いたぜ。十七歳だったお前が、父親の豊を、首を絞めて殺した可能性が高いってな」

柚介が視線を外した。

榊原によれば、愉子が消えたのは豊が追放したからだと知ると、柚介は暴れ出したそうだ。姉とは違い、柚介と遊太にとって豊は血を分けた実の父親だったという。

「かっとなって、絞め殺したんだよな？　榊原を始め、昔からの島民は察していたようだ。お前は天乃家だから誰からも咎められなかったが、その時の罪悪感を胸に抱き続けていたんだろう？」

柚介は俺の目を見上げている。こいつの精神にはまだ余裕がありそうだった。容赦なく、潰してやらなきゃならねえ。

「どうだ？　両腕に、感触は残ってるか？　首の脈が消えて、父親が冷たくなっていく感じが。本当のトラウマは、親殺しだったんだな」

笑顔で尋ねてやる。切り傷を両手で広げるようで、ぞくぞくした。

「高校時代、お前は柔道の全国大会で名を馳《は》せた。卒業後、経歴に目を付けたブレイブからスカウトが来て、上京した」

聞きたくないと言わんばかりに、柚介は額に深い皺を寄せている。

「お前は順調にプロになり、頭角を現した。だがトラウマのせいで、直接首に触れない技を多用した。それでトップの座を維持できるほど甘い世界じゃない。結局、格闘家のキャリアを続ける気力をなくしたお前は、居場所がなくなって、仕方なく島へ戻ってきたんだろう？」

目を閉じたまま、柚介は固まっている。

「風変わりな因習に、ぶっ飛んでる姉。世間についていけない弟。そんな環境でもお前が留まっていられたのは、父親を殺しちまった罪悪感を和らげてくれる、あの煙の儀式があるからだな？」

柚介の胸が大きく上下する。

「あんなもの、一瞬の幻だ。大麻のリラックス効果なんて、数時間しか続かねえ」

両目を少し開けると、柚介が苦しそうな表情をみせた。

「それでも、今のお前が拠《よ》り所にできるのは、マリファナやハシシしかねえ。お前が心から信仰しているのは、大麻だ」

「違う。信仰しているのは、島の自然であり、八百万の神々だ」

力のない声で、柚介が反論した。

「ハッハー、無理すんな」

柚介は目蓋とこめかみを細かく痙攣させている。

「森沢の馬鹿が、なぜわざわざこんな島へ視察に来るのか。ようやく分かったぜ」

柚介が瞠目した。

「お前ら天乃家は、本土に大量の大麻を送っているよな？　あの広い栽培地からの収穫量を考えると、有林組との取引だけじゃとてもさばききれねえ。どうして、政治家まで販路を広げたんだ？」

柚介の胸の高さが、一段下がったように見えた。

「――この島独自の文化、治外法権にも似た自治制度を守るには、仕方がなかった。多額の賄賂を現物で納める代わりに、大規模な開発計画や、観光計画から、見逃してもらってきた」

「ハッハー。実のところ、大麻栽培が続けられなくなることが、嫌だったんだろう？」

「違う。島の文化を、守るためだ」

「やっぱり、おかしいぜ。普通、賄賂は地域の開発や発展のために渡すもんだ。でもお前は、手つかずのままにするために、贈ったんだよな？」

黙ったまま、柚介は視線を合わせている。

「ひょっとしてお前、島の伝統や文化を守りたいんじゃなくて、本音では島を衰退させたかったんじゃねえのか？　本心では、この島に復讐したかったんだろ？」

「そんなことは、ない」

柚介の返答は歯切れが悪かった。

「今さら嘘吐くなよ。そうだ。さっき由依と会って、お前が大麻を本土へ送っていること、教えといてやったぞ」

ばつが悪そうに、柚介が視線を外した。

「まあ、いい。とにかく榊原の話じゃあ、大麻の販売は豊の代から続いていたそうだな」

「はっきりした起源は不明だが、確かに死んだ父もやっていた。現金収入のために代々続いている必要悪で、天乃家の男の仕事だ」

諦めたように、淡々とした口調で柚介が語り始めた。

「お前は、どうせ今日で死ぬ。だから、大麻のことを話したところで問題ない」

「ハッハー、笑わせんな。誰に殺されるっていうんだ？　お前はもうダウンしてるじゃねえか」

柚介はなにも言い返さない。

話を続ける。

「そしてお前ら天乃家は、長年にわたってずっと、榊原に運び屋の役目を負わせていたんだな。定期船を使えば、大量の荷物だと目立つし、島民にも本土へなにかを送っていることがバレちまう」

柚介が投げやりな笑みを浮かべてみせる。

「この島で船を持ち、操縦できるのは、やつしかいない」

「そうだな。で、お前はそんな榊原を、その手で殺したんだよな？　あいつも不憫《ふびん》だぜ。長年忠誠を尽くしてきたのに」

柚介の小鼻が大きく膨らむ。

「昨日、船着き場であいつの死体を見た時、お前と口論していた内容が蘇《よみがえ》ったよ」

微かに首を右へ動かし、柚介が視線を逸《そ》らせた。

「榊原は、知っていたんだ。最近になって、お前が誰と仲良くしていたのか」

柚介の鼻息が荒くなっている。

「お前は、本土の政治家と繋がっていた。その窓口になっていたのが、浅岡という刑事なんだろう？　退職したらしいから、元刑事か。こいつが悪党で、仕事で通じていた有林組だけでなく、政治家も紹介してくれたんだな。とにかく、かつてここに駐在していたそいつが、自分も利権を貪った上で、大麻を本土の豚にも送るようにしたんだってな」

「――そうだ。言ってみれば、浅岡さんが裏の支配者だ」

「いや、便所コオロギだ。おかしいと思ったぜ。お前の口から度々浅岡という名前が出たり、前の駐在も羽振りがよさそうだったりで、腑に落ちなかった。なんてことはねえ。ここの駐在も、代々旨い汁を吸ってきたんだな」

「そうだ。お前だけが、蚊帳《かや》の外だ」

「ハッハー。心配すんな。これから一気に取り戻してやる」

満面の笑みを浮かべて伝えてやった。

「だが、お前はそんな浅岡を裏切ったんだな？　偶然、お前がスマホで会話している内容を立ち聞きしたことで、榊原は察してしまったようだぜ」

眉間に皺を寄せ、柚介が凝視してくる。

「お前は、浅岡とは別の、大麻ルートとは異なる警察の人間と、連絡を取っていたんだ。榊原自身が、あの朝はそのことを咎めて揉めたと言っていた。自分たちは浅岡側の人間なのに、それはまずいだろうってな」

柚介が視線を外し、鼻で笑ってみせた。

「ああ、そうだ。少し前から俺は、警視庁に情報を提供していた」

「なぜだ？　浅岡たちとつるんでた方が、この島の旨味は増えるはずだ」

「潮時が近いからだ。浅岡さんも定年で警察を辞めたから、徐々に影響力がなくなっていく。そうなれば、前近代的な大麻利権も、どこまで維持できるか分からない」

「違うだろ。本音を言えよ。嫌気が差していたこの島に、ついに見切りをつけたんだろ？　お前は、内偵を進めていた本庁に声を掛けられ、内通者になったんだ。警察に情報を売れば、これまでの一切を罪に問われず、島を捨てて一人で逃げられるからな。けど、本土で暮らしていくにも金はいる。だから、有林組や浅岡側と取引は続けた」

真顔になると、柚介が見上げてくる。

落ち葉が擦れる音がした。グエンが心配そうに覗き込んでいる。視線を合わせて心配するなと合図してから、再び柚介を見下ろした。

「胸の内に秘めた計画を邪魔されてたまるかと、お前は榊原を殺したんだな？」

「証拠は、ない」

「死体は、首の骨が折れ、右肩も外れていた。前から肩ごと抱えて首を絞めたか、後ろからチキンウィングで絞めたんだ。これまでのお前には出来ない殺し方だ。ジジィ相手に、ようやくトラウマから脱したんだな」

突如として、柚介が目を見開いた。

「――計画は、なんとしても成し遂げる。こんな島、もうこりごりだ」

「ハッハー、ようやく本音が出たな。だが、残念だな。警察へ売られる前に、宣言通り島は俺がもらう。全部、俺のものにする。本土へ大麻を送る役目も、引き継いでやるよ。見返りは今以上に要求するけどな」

「さっきも言ったぞ。お前は、殺されると」

「あん？」

「警察は本気だ」

柚介の顔が一気に険しくなったことを確認した瞬間、突き飛ばされていた。

気合いを入れ直し、立ち上がった相手と正対する。

「俺は、二人も殺している。もう、恐れはない。お前の首も折ってやる」

淡々とした口調で、柚介が言った。これまで対峙した時とは異なり、笑みを湛えている。トラウマが消え失せ、一端《いっぱし》の悪人になったようだ。

「舐めんなよ、チクリ野郎」

流れ弾に被弾する可能性がある戦闘下であり、足場が悪い山中ということも考慮したのだろう——柚介は一気に勝負に出てきた。

左足を前にして素早く踏み込んでくる。右手でシャツの胸元、左手で上腕のあたりをつかんでくる。

ペースを握られぬよう、両手を組むようにして、正面上方にある柚介の太い首の後ろを押さえた。

焦りはなかった。組み合って戦う場合に備えて、すでに両足の親指の付け根、母指球を意識し、しっかりと地につけていた。踏ん張りが利き、相手に大きな力をかけられる。

後方に見える、柚介の右足が動きを見せた。

遅い。前に出している俺の左足の後ろを目掛け、大内刈りを狙っていた。

左足は地につけたまま、柚介の首を両手で抱え込むようにして反動をつけた。相手より素早く右足を伸ばし、股間にすねを打ち込む。しばらく立ち上がれないようにするための、最適解だった。

「ハッハー。この敗北が、お前の新たなトラウマだ」

「もう一度言ってやる。警察は本気だ。俺をエスに仕立て上げたのは──」

気を失ったのか、柚介は目を閉じた。

ほほをはたいたが反応しない。

突如として、左上方から気配を感じた。

「にいちゃん、大丈夫か」

マグマを食らったのか、左足のひざから下が真っ赤な棒のようになっている遊太が、それそれでもゆっくりと、気絶している柚介のもとへ近づいていく。すぐそばまで辿り着くと、ひざをつき、両手で肩をつかみ、言葉を掛ける。

「起きてよ、にいちゃん」

遊太は必死の形相で肩を揺すっている。

「ハッハー。人殺しでも、密告者でも、愛してくれる弟がいて幸せ者だな」

見応えのない、安い感動ドラマに付き合っている時間はねえ。山腹を進んでいく。

「グエン、はぐれんなよ」

乾いた発砲音と、空気を切り裂く金属的な音が、右上方から間断なくやってくる。

突然、グエンが声を上げ、倒れ、苦痛に満ちた表情を浮かべる。

しゃがんで確認すると、右足首から出血していた。弾が残っているのか抜けているのか、それともかすっただけなのか、一目では分からなかった。

「大麻のおかげか、そんなに痛くはないんですが――動けません」

「問題ねえ。足首繫がってるし、お前も生きてる。テンション上がったら、好きなところへ転がっていけ」

百万を手にした時以来、グエンが二回目の笑みを浮かべてみせる。

興奮しながら笑い返してやると、腰を落としてMP5を構え、右側へ進んでいく。

しばらく経ったところで立ち止まり、周囲に目を配っていると、異様な光景が飛び込んできた。

よろず屋の方から、本格的に武装した集団がゆっくりと近づいてくる。先頭の五人は、拳銃を両手で構え、体の開きを四十五度に保ったまま、進んでいる。装備から判断して、警視庁捜査一課特殊犯捜査第一係、SITの要員に間違いなかった。

中央の長身の男のシルエットを、見誤るはずがない。

どうして、谷垣がここへ来た？

あいつはまだ謹慎中のはずだった。

さらに奥へと視線を移した。

やつらの左斜め後方、十五メートルほど先に、懐かしい機体が着陸している。特徴的な青と水色で彩られた白いヘリコプター、ベル412EP。テロ対策機として指定されているやつだ。

何度も搭乗し、上空からファストロープで降下し、臨場した経験を思い出した。日の丸が記された機体は、ソリ状のスキッドを地面に接したまま、サイドドアが大きく開け放たれている。

瞬間的なノスタルジアを振り払うと、再び視線を手前に戻した。

五人の後ろには、警備部第六機動隊、SATの一個分隊、四人が続いている。非常に分厚い装備のシルエットから、判断の誤りようがない。

やはり、あの時の二人は偵察隊か。

砂浜のあたりで忽然《こつぜん》と姿を消した二人はSATの隊員で、上陸前の下見に訪れていたのだ。柚介の情報提供により、本庁は島で戦闘が起こることを察知できたのだろう。

少しすると、SITの五人はUターンし、視界から遠のいていく。

自分たちだけになると、MP5を構えたSATの四人は横一列のフォーメーションになり、左右を警戒しながら、ゆっくりとこちらへ近づいてくる。

息を殺しながら、距離が縮まるのを待った。

SATの装備には隙がなかった。一見すると、濃紺のアサルトスーツに防護ヘルメット、タクティカルベストとニーパッドしかつけていないように見えるが、違う。外からは見えなくても、アサルトスーツの下にも何枚かの防護服を着用している。だから、やつらの体は異様に膨らんで見えるのだ。

狙いは、ひとつしかねえ。

視覚的に確認できるわずかな隙間は、首元と鎖骨付近がある。けれど距離がある場合、故意に狙うのは難しい。だからこそ、唯一の弱点に狙いを決めた。

一歩一歩、やつらが近づいてくる。

腹ばいになり、右側前方、地面すれすれに照準を合わせた。

やつらは一見すると黒いスニーカーのようなものを履いている。あれは、底とつま先付近には堅牢《けんろう》さを出すために鉄板が仕込まれているが、重くなり過ぎないよう側面は硬い樹脂のままだ。

距離が四メートル前後まで縮まった。

話を聞くため、一番奥の一人は無傷で残してやる。

まずは、三人の足元を目掛け、オートでトリガーを引いた。

　三人はそれぞれ、膝をつき、尻をつき、横向きに倒れ、呻いている。リクガメが惨めにひっくり返り、もがいているように映る。情けねえ姿だ。

「動くなよ」

　茂みから身を起こすと、右脇でMP5を抱えながら無傷の男へ向けた。

　相手へ近づいていく途中、三人が手にしていたり近くに転がっていたりしたMP5を遠くへ蹴飛ばした。やつらの右腰のホルスターから左手でオートマチックを抜き取り、放り投げることも忘れない。

「銃を下に捨てろ」

　無傷の隊員はストラップを短くしたままのMP5を地に落とした。

　すかさず、それを左横へ蹴り飛ばす。

　改めて手元のMP5を両手で構え直し、銃口を向けたまま、相手を観察する。防護ヘルメットの透明なシールドの下、黒い頭巾から覗く目に、見覚えがあった。

「──久し振りだな、P2。俺たちの分隊がわざわざ駆り出された、いつかのいかれた夫婦喧嘩《げんか》は、ウケたよな」

　眼前の男はかつての部下だった。

「うるせえ、中田。今はそのコードネームじゃない。制圧第一班班長だ」

　一瞬、激しい耳鳴りが起こる。

「お前が、後釜？　ふざけんな。それに、俺を呼び捨てとは正気か？」

「今のあんたは、被疑者だ。いや、隊員をこんな目に遭わせたんだ。重罪人だ」

「どうして乗り込んできた？」

「分かっているはずだ。実働部隊の俺たちは、経緯なんか知らされない。作戦の実行を命じられるだけだ。それより、早く投降しろ。もう、どうしようもない」

「偉そうな口利くな。俺がてめえに、格闘や射撃を教えてやったんだ」

「今なら――」

「ウケるぜ。やるか」

ＭＰ５から両手を放してみせると、思った通り相手は右手を右腰のホルスターへと伸ばした。

左手の人差し指の第二関節を突出させて、拳を作る。微妙な立ち位置による距離感から、右手の攻撃だとタイムラグが生じてしまう。だから、利き手ではない左拳の突起で、辛うじて覗いている相手の喉仏を容赦なく攻撃した。

濁った音を口から発し、後ずさりした相手は、腰を引いた姿勢のまま両手で喉を押さえている。黒頭巾から覗く両目には、涙を湛えている。

「泣くか？　まだやるなら、素手で来い」

姿勢を正した相手が、胸の位置で両拳を構えた。キックボクシングをやっていた癖が抜けきっておらず、左のミドルキックを放ってくる。

あれほど注意したのにな。

大仰なモーションを読み切り、右腕で相手の左足を抱え込む。相手に密着して左腕を首の後ろに回し、完全にロックしてやった。

右足一本で立ったまま抱きつかれ、相手はなす術《すべ》がなかった。

「教えたよな。実戦では、回し蹴りや、ハイキックは使うなって。動きが大きい蹴りは、あくまでも試合向きだって」

右足で小さく片足跳びを繰り返し、相手はなんとか離れようとしている。

逃がさねえ。

「復習だ。実戦で使える蹴りは、前後の、単純な動きのものだけだ。ただひとつ、回転技で使えるのは――」

一気に相手を突き放すと同時に、ひざを曲げた右足を浮かせたまま体を左へ捻《ひね》り、背を向ける。そこから、軽く落とした腰を伸ばしながら勢いをつけ、右回転するようにジャンプした。狙いを定め、相手の下腹に踵《かかと》を叩き込む右足の動きは、あくまでも真っ直ぐに伸ばすだけだった。

声も出さずに、かつての部下が大の字に倒れた。すかさず、馬乗りになった。

「例外は、不意を突けるソバットだけだ」

相手は眉間に皺を寄せ、上体を起こそうとしているが、首しか動かない。

「死ぬ覚悟はあるな。お前は、実戦で負けたんだ」

相手が微かに目を開けた。

「いいのか？　俺を殺したら、取り返しがつかなくなるぞ」

「ハッハー。もうとっくに、ヤバい事態になってんだよ」

右の拳を高く振り上げ、外からは見えないプロテクターとファウルカップの隙間、下腹部目がけて垂直に振り下ろした。風呂敷に包まれた皿を砕いたような、心地よい感触を覚えた。

相手はサメに食われるイノシシのような声を上げた。

目を閉じ、動かなくなったことを確認して、立ち上がる。

「残念。脱走した虎を、連れ戻せなかったな」

死んだような顔に、唾を吐くことを忘れなかった。

さらに、通り過ぎざまに鼻柱をへし折ってやった。シールドが上がっていたため、黒頭巾の上から右足で強く踏みつけて粉砕してやる。

「生きてたら、本庁帰って、園長によろしく伝えとけ」

今度はこっちが獲物を狩る番だ。

殺気を漲《みなぎ》らせながら、北西へ進んでいく。

あいつは、どこ行った？

すでに、谷垣を仕留める決心を固めていた。特殊部隊員としての人生が狂ってしまったのは、すべてあいつと出会ってからだった。

バリケイドテクニックを用いて木の幹や茂みに身を隠しながら、船着き場の方へと進んでいく。

いやがった。

船着き場から手前へ約百メートル、海沿いの一角で、二人組の後ろ姿が目に入る。左側の、百八十センチ前後の男は谷垣で間違いなかった。右側に立っているのは、確か大口《おおぐち》とかいう一課の人間だ。

SATに比べると、SITの要員の装備は大分緩い。見えている防御以外はノーガードに近い。木の幹から歩み出ると、大口の右の太ももに狙いを定めた。

発射は、セミオートで一発だけにする。叫び声を上げながら、大口が崩れ落ちる。

「ハッハー。密林で、虎に遭遇しちまったな」

MP5を向けながら、吐き気を催す相手へ歩み寄った。途中で、大口の銃を蹴飛ばすことも忘れねえ。

「——なんてことを。君は、警察官なのに」

すぐ横で倒れている大口に目を向けながら、谷垣が呆然と口にする。

「どうして、お前がここにいるんだ？　謹慎中だろ？」

「君を、救いにきた」

「あん？　起きろ。寝言をほざくな」

「決意してここへ来たが、やはり無理だ――頼むから聞いてくれ。組織の人間として任務を遂行するつもりだったが、君を目にすると、黙っていられなくなった。本当のことを言う」

谷垣が女々しい顔を向けてくる。両ひざを震わせ、今にも泣き出しそうだ。なんだか知らねえが、切羽詰まってやがる。仕方ねえ。たまには女の愚痴も聞いてやろう。

「話せ。ただし、簡潔に」

「ここの駐在が、代々賄賂漬けになっていることは、気が付いているはずだ」

「ああ。大麻と売春の金で、籠絡《ろうらく》されている。前任者は金時計をはめてたぜ」

谷垣が、かっと両眼を見開いた。

「実は、話はもっと大きい。この島の大麻の金は――」

「ハッハー、知ってるぜ。森沢を通じて、本土の闇組織に流れてるんだろう」

はっとした顔つきで、谷垣が見つめてくる。

「それなら、話が早い。その金の一部は、警視庁や警察庁にも流れているんだ。機密費のようにプールされている」

「そいつは初耳だ」

「結論を言うぞ。君は、そういった悪事の、スケープゴートにされている」

こいつは、なにを言ってやがる？

「聞くんだ。上層部は、君がこの島で暴走することを見越して、あえて赴任させたんだ。勝手に銃を持ち出したことも、当然承知している」

「ウケるぜ。で、なんのために、俺をこの島で暴れさせたんだ？」

「上層部は、君の暴挙を制圧する名目で、長年にわたる警視庁への裏金の証拠を全部消し去るつもりだ」

「それがマジなら、お前たちは俺を──」

「私は極秘で、君を殺す指令を受けている。君だけじゃない。警察にとって都合が悪い人物、証拠の品、これからすべてを消し去るつもりだ」

柚介が言ってた警察の本気とは、こういうことか。舐めやがって。

「日本刷新党のテロ事件の時から、上層部は君の処遇に悩んでいた。だから、今回の作戦には適任だと踏んだんだ。君と一緒に、これまでの悪事の証拠を葬ることが出来る。一石二鳥だ」

おかしいと思ったぜ。SATの第一線にいた俺がいきなり島流しなんて、どう考えてもあり得ないからな。

「案の定、君は暴走し、挙句の果てには、島民と全面対決する事態まで生んだ」

左遷を告げた高田管理官の顔を思い浮かべると、腹の中のマグマが爆発しそうになる。上等じゃねえか。島を乗っ取ったのちに、裏付けとなる証拠とともに、警察の悪事を世間に公表してやるよ。大麻利権の旨味はなくなるが、仕方ねえ。代わりに、大勢の警察官を奈落の底へ突き落としてやる。

「中田、自首してくれ。私が同行する。悪いようにはしない」

「ふざけんじゃねえ。ハッハー」

谷垣が目を丸くした。

「俺のミッションは、この島丸ごと手に入れることなんだよ」

「馬鹿な考えは捨てろ。一緒に来るんだ」

「野生の虎に、飼育員が出しゃばるな。そんなことより、自分の心配をしろ。リクエストがあるなら、言ってみろ。どこから食いちぎられてえんだ？　あん？」

馬鹿の谷垣は、相変わらず泣き出しそうな顔でこっちを見てやがる。

ここまで来たら、徹底的に楽しんでやるぜ。

「俺は今から、虎が鹿をいたぶるように、お前を惨めに殺すんだよ。ハッハー」

ＭＰ５を放し、ストラップで背中へ回す。

「いつかの会議室での決闘と、同じだ。ハンデをやるよ。こっちは素手だ」

ここぞとばかりに、谷垣は右手のベレッタM92を俺の方へ向けてきた。緊張からか、恐怖からか、それとも俺への怒りからか——右腕全体が小刻みに震えている。

「この馬鹿。オートマチックは常に両手だ」

言うや否や、逆手にした左手を上げて相手の手首を内側からつかんだ。そのまま限界を超える角度まで、外側へ捻じ曲げてやる。

谷垣が微かな呻き声を口にする。

相手の上体が崩れたところを見計らい、左の顎関節へ回すようにして右の肘を叩き込んだ。なにかの部品が外れたような、確かな手応えを覚えた。

谷垣は吹っ飛んでいき、糸が切れたマリオネットのように崩れ落ちる。

ゆっくりと歩み寄り、悠々と見下ろしてやる。

こいつの大事なものを、全部壊してやりたかった。本心では、生きたまま電ノコで手足をバラバラにしてやりてえ。家族の目の前で、麻薬カルテルの私刑のように。そして最後に残った白い生首を、泣き叫ぶ幼い娘に突きつけてやりたかった。

けれど、この場では無理だ。

仕方なく、代替案を採用する。

「俺は、お前がいない世界がいい」

MP5をオートに戻した。

「本当は、お前は銃殺刑に値する。けれど、真実を話したことにより、今回は命を助けてやる」

谷垣は小さく胸を上下させているだけだった。

「しかし、今後も俺のケツを嗅ぎ回られては堪らねえ。歩けなくなってもらうぞ」

銃口をやや下へ向け、倒れている右の太ももから薙《な》ぐように掃射した。

砂埃が巻き上がる。

谷垣の両太ももから、小魚が跳ねるように小さな血飛沫が上がった。

「ハッハー。再びゆっくり休めるんだ。感謝しろよ」

たった今溜飲《りゅういん》を下げたばかりだったが、ただならぬ気配を察知した。大の字に倒れている谷垣の背後から、SITの要員と思われる三人が横一列になり、駆けてくる。

「ちっ。新たなハエが飛んできやがった」

MP5を前方に構えて狙いを定めていると、兵士たちと思わぬ邂逅《かいこう》を果たした。騒ぎを聞きつけて方向転換したのだろう、向かって右斜め奥から、コルトを手にしたホアンと、チャンが駆けつけてきた。

気配に気付いた端の要員が歩を止め、銃をホアンに向けた。

が、遅かった。

ホアンの発砲の方が早く、要員の鼻から下が吹き飛んだ。真っ赤な口を不自然なほど大きく開けた要員は、谷垣と同じように大の字に倒れた。シールドを上げていたのが命取りとなった。

残りの二人の要員が、兵士たちに銃を向ける。

ホアンは素早くうつ伏せになった。

一方、錯乱したように特殊警棒を掲げ、二人に駆け寄っていったチャンは、左太もと腹を射抜かれ、崩れ落ちた。

ホアンが危ねえ。援護するため、十メートルほど離れたＳＩＴの二人に狙いを定めた。しかし、急に二人はホアンから向きを変え、見当違いの方角に銃を向けた。

姿は見えないが、レーとファムの大声が聞こえたからだ。天乃家の屋敷の方から、意味の分からねえベトナム語の罵声を上げ、銃を撃ちながらこちらへ向かっているのだ。

ホアンのやつ、悪運が強いな。

これで時間が稼げる。レーとファムに気を取られているうちに、とっととＳＩＴの二人をやっちまおう。早くしねえと、レーのコルトはともかく、ファムのニューナンブＭ60はそもそも弾がないも同然だった。

二人の背中をまとめて掃射しようとした時——

「おめえら、ぶち殺すぞ」

左奥の海岸線の方から、ガラの悪い大声が響いてきた。目を向けると、三人組が歩み寄ってくる。イントネーションから、島民でないことは確かだった。SITやSATなど、警察でないことも明白だ。ブルゾンにジーンズなど、服装がラフすぎる。銃を持ってやがる。有林組の別動隊が上陸してきたか。二次会に突入だな。

体勢を左へ変え、五、六メートル先に立つ、手前のヤクザの右のすねを撃った。的は倒れたが、残りのヤクザ二匹はちらりとこちらを見ただけだった。すぐに向かって右を向き、中腰になり、両手で拳銃を撃ち始める。

SITの二人は、今度はヤクザに狙いを変えたようだ。さすがに本職と言うべきか、すぐに奥の一匹が膝をついた。

残りをやったのはホアンだった。うつ伏せの体勢のまま、コルトで撃ち抜きやがった。

「ハッハー。センスいいじゃねえか」

SITの二人は再び向きを変え、発砲を続けた。レーとファムが思いのほか粘っている間に、今度こそ背中からやってやるぜ。

くそ――油断した。背後から撃たれ、左上腕の外側に命中した。弾は貫通したか、あるいはかすっただけか――とにかく出血している。

俺を撃った身の程知らずが、前方に回り込んでくる。

「若頭を探している。どこだ？」

髪をオールバックに固めている男は、ノーネクタイでグレーのスーツを着ており、銃口をこちらへ向けている。

相手の銃に注目した。右手にあるのは、スタームルガーMKIサイレンサーモデル。殺しのプロか。

二十二口径の銃は小型で、弾丸が空気中へ押し出された際の爆発音が小さい。よって、昔から暗殺に使われてきた。

「若頭って、稲妻ラインか？」

「どこにいる？」

「あそこの、中腹のあたりだ」

ゆっくりと、右側の大神山を指差した。

男の首がつられて動く瞬間を見逃さずに、しゃがんだ。両手を地につけたまま、左足を軸にして駒のように高速で右回転した。途中から思い切り右足を伸ばして、相手の両足首を刈り取るように水平に蹴った。

頓狂《とんきょう》な声を上げると、男は跳ね上がり、背中から落ちた。

すぐに立ち上がり、駆け寄る。相手の顎を砕くつもりで、ついでに鼻の骨も一緒に、五回右足で踏みつけてやった。

眼下に見下ろすと、男の高い鼻が左へ倒れたように変形している。

「ハッハー。俺をやるなら、せめてバズーカ持ってこい」

気が晴れたのも一瞬だった。

周囲を見回して確認すると、大神田の方から新たなSATの分隊――二個分隊、八人が横一列になり、迫ってくる。

あいつが、どうして。

指揮班班長であるはずの川村が、武装し、列の中央付近に交じっている。一番身近だった人間の姿は、容易に判別できた。

やつらの行進を止めるため、前方の地面へ向けて掃射した。

土埃が舞い上がると同時に、八人は歩を止める。

畜生――弾切れだ。

ぶっとばした隊員から弾倉を引き抜いておくべきだった。

こちらからの追撃がないと踏んだのだろう、八人が再び迫ってきた。すぐに、一メートルもない間隔で、全方位を囲まれる。

眼前でサブマシンガンを向けてくるのは、かつての上司、川村だった。

「目を覚ませ」

「うるせえ、裏切り者」

正面に向かって思い切り唾を吐き出してやる。ストラップごと精根尽き果てたMP

5を解放してやると、川村に両手でつかみかかった。

間髪を容《い》れず、七人の隊員が取り押さえようと密着してくる。

しばらく抵抗を続けたが、いつの間にか両手を後ろ手に押さえつけられ、そのまま乱暴に、顔から地面へ叩きつけられる。もっと抗《あらが》えるはずが、力が入らなかった。左腕に受けた傷は動脈に達していて、思ったよりも出血している可能性があった。

「本当の闇に堕ちたな」

「帰れ。ここは俺の島だ」

さらに複数の機動隊員が駆け付けてきて、周囲は混乱を極めた。

気が付くと、一メートルほど離れた右側にホアン、左側にグエンが、後ろ手に手錠をされ、うつ伏せに押さえつけられている。

ほかにも、何人もの島民が次々と拘束されていき、同じ姿勢にさせられている。

「ハッハー。良かったな、お前ら。これで奴隷労働からは解放されるんだ」

島が大砲を撃つような、火山の噴火音が鳴り響いた。

「指揮班班長。早く脱出しないと、大変なことになります」

「急ごう」

川村が、俺の頭上で会話をするのが許せねえ。

「なにか降ってきたぞ」

知らない声が警告した。

さっきから、砂利や小石のような異物が頬に当たっている。噴石に違いなかった。

同時に、黒い粉や紙片のような、火山灰も舞っている。

「シールドを下げろ」

「火山岩が大きすぎると無意味です」

隊員が狼狽《ろうばい》する様子が伝わってくる。

灰で視界が一層霞《かす》み、黒い雹《ひょう》のような火山礫《れき》が容赦なく俺たちを打ち付けてくる。

きつい体勢のまま身をよじり、右斜め上を見上げて、大神山の山頂火口を確認した。

タイミングよく打ち上げ花火のような噴火が起こり、マグマの赤い筋が四方八方に飛び散った。

盛大な祭りだぜ。

間を置かずに、ぎらぎらと緋《ひ》色に輝くマグマがせり上がってくる。どんどん盛り上がっていき、樹木のコブのような形になった。

やがて、動脈瘤《りゅう》が破裂するように、山頂のマグマの塊が破裂した。

地面に接している、胸と腹、両太ももが一気に熱くなる。水蒸気が地表に出てきて、空気で冷やされて水となる、その際に生じる熱のせいだ。

いいぞ。もっと噴火しろ。

どうせもう、希望は無くなった。

もしも、島に、山に、本当に神がいるなら――このまま全部、マグマで焼き尽くしてくれ。むかつく谷垣も、俺を捨てた川村も、気色の悪いここの島民も、一切合切――すべてを赤く焼き尽くせ――

それこそが、俺が望む新世界だ。

火口付近は大量の煙で覆われ、見通しがきかなくなった。少しすると、煙は巨大な古城のような形となり、山頂に鎮座した。

「駄目だ。撤退しろ」

叫び声が聞こえた。

つられて、視線を麓に戻す。

巨岩の列の間から、何匹もの真っ赤な大蛇が姿を現し、身をくねらせながら迫ってきた。動きは早く、近くにいた本庁のやつらや、拘束されている島民を、次々と飲み込んでいった。

周囲の腑抜けどもは、絶え間なく降って来る噴石に打たれながら、列をなして迫りくるマグマに怯え、うろたえていた。

だが俺は、頬を焼かれながら目を開け続けている。不覚にもゴミどもに制圧されてしまった屈辱――そのはらわたからの怒りの方がよほど熱かった。目に映る世界のすべては敵だから、意地でも瞠目し、周囲を睨み続けた。
遠目に地割れが見えるほど、大地が激しく揺れ始める。
どこからか、いつか耳にした、石笛の高音が聞こえてきた。
違う。瘉阿の金切り声だ。

キイー　キイー
キエテシマエヨ
ナクナッテシマエヨ
キイー　キイー
コノシマゼンブ　オノコロモ　ヤマノナカノハハモ
キイー　キイー
ヒモロギモ　ダイシンデンモ
モウナニモイラナインダヨ
ウンザリナノヨ　モウ　ウンザリヨ
キイー　キイー

瘉阿の絶叫に呼応するかのように、一際大きな爆発音が轟いた。

エピローグ

日本は強者だけが暮らしやすい国なのだ。

曇天の午後、谷垣は電車に乗り込んだ。

中田に両足を撃ち抜かれた谷垣は、改めて痛感している。すでに、自走式車椅子をそれなりに扱えるようになっていた。しかし、道に段差は多く、民間の店舗ばかりか駅などの公共施設でさえも、車椅子をスムーズに利用できるほど整備が進んでいるとは言えなかった。

徴収した多額の税金を、国はなにに使っているんだ。

一方で、国会議員の数だけは衆参合わせて七百人を超え、調査研究広報滞在費や立法事務費を合わせると、年間で一人頭、五千二百万円分に相当する報酬を受け取っている。やつらを思うと、谷垣は怒りを超え、吐き気を催した。

最寄り駅で降りると、階段昇降機を利用して下り、谷垣は改札をあとにする。そのまま、目的地へ向かって車輪を回していく。事前にアポは取っていた。

御影石の邸宅へ向かって、谷垣はハンドリムを両手で回し続けた。風が冷たかったが、膝にかけている黒いストールのおかげで寒さが和らいでいる。妻から借りたものだった。

玄関先に到着すると、谷垣はツイードジャケットの左ポケットから白手を取り出し、急いで両手にはめる。

インターホンを鳴らすと、すぐに浅岡が玄関ドアを開けた。

「なんだ、それ？　どうしたんだ？」

浅岡が満面の笑みを向けてくる。

谷垣は答えず、素早く三和土《たたき》へ進み、玄関ドアを閉めた。向き直り、式台に仁王立ちする浅岡を見上げた。

「大怪我をしましてね。あの時あなたが言ったように、警察官にはなにが起こるか分からない」

「だから言ったじゃねえか。それだけの怪我だ。今さら民間保険にも入れねえよな」

浅岡はピースを一本取り出し、火をつけた。

「今後のこともあるからな。相談に乗ってやるよ。まっ、とりあえず上がれや。大した段差じゃねえから、一人で平気だろう？」

笑いながら、浅岡は煙を吐き出した。

「ここで結構です」

谷垣はストールの下に右手を入れた。ツイードジャケットのポケットから、わずかにはみ出ているスタームルガーMKIサイレンサーモデルを取り出し、銃口を相手に向けた。

「どういうことだ？」

目を細め、浅岡が低い声で尋ねた。

「あなたのせいで、私はこうなった」

「――そうか。天照島で、なんかあったな？」

悟ったように、浅岡が確認してくる。

「すべて潰してきましたよ。あなたたちの銀行は、解体されたんだ。代わりに、私の部下が一人死に、ほかにも多数の死傷者が出てしまった」

ピースを持つ浅岡の右手が、震え始める。

「お前、正気か？」

「あんたなら、分かるはずだ。これは、二十二口径だ。サイレンサーもついてる。近所に発砲音は響かない」

谷垣は口元を緩めた。

「この銃は、あんたと親交の深い有林組から押収した。たとえ車輪の跡が残っていても、誰かに姿を見られていても、白を切れば本庁は内輪揉めで処理する」

軽く鼻息を吐くと、谷垣は左手を銃身に添えた。

浅岡の手元から、火がついたままの煙草が滑り落ちる。

「待て、谷垣。いいことを教えてやる。天照島からの裏金を長年看過してきた本庁が、なぜこのタイミングで浄化しようとしているか、分かるか？」

「不祥事が続いている。この問題まで明るみに出たら、警察の存在意義は消滅する」

額に玉の汗を浮かべながら、浅岡はヤニで汚れた歯を覗かせた。

「違うな。組織でプールした金を政治家に配り歩いたキーマンが、新警視総監の野尻なんだよ」

相手を見据えたまま、谷垣は眉根を寄せた。

「野尻も、親和連のサポーターの一人なんだ。そのおかげでトップに上り詰めたわけだが、さすがに後ろ暗いところがあったんだろう。島もろとも吹き飛ばすことで、証拠隠滅を図ったんだよ。俺が聞いた話じゃ、野尻は大枚をはたいて、天乃家の男を寝返らせたんだ」

高田管理官から聞いた話と一致していた。

「俺はなあ、野尻から直接、島の問題を口外しない限り老後は保証するって、言質《げんち》を取ってるんだよ」

「野尻総監は、どんな形であっても、いずれはあんたを逮捕すると私に言った」

「そんなの、口先だけだ。すべてを知る俺を、切るわけにはいかねえだろう？　俺がサシたら、せっかくつかんだトップの座を明け渡すことになる」

根が腐っているだけでなく、咲いているのも毒花だったか。

「だから谷垣。もう一度言うぞ。俺たちにつけ。お前の出世も、進言してやる」

「無理だ。徒花《あだばな》に、実はならない」

「そんなことはねえ。警視総監の下につけば、怖いものはなくなるんだ」

唐突に、谷垣は白い歯を見せた。

「いい笑顔だ。俺たちにつくんだな？」

「いや。あんたを躊躇《ちゅうちょ》なく殺せることが、嬉しいんだよ」

「この野郎――」

怒りの表情に一変した浅岡は、意を決したように右拳を振り上げた。

「怪我人なんかに撃たれてたまるかよ」

勢いよく迫ってくる相手を制するように、谷垣もすかさず立ち上がる。

「あんたの杖を、真似したよ」

呆気に取られた浅岡の正中を狙い、谷垣は発砲した。

浅岡は両手で胸を押さえ、目を剝き、左向きに倒れ込んだ。本性が姿を現したかのように、赤黒い血がじわりと式台に広がっていく。

無様に横たわる浅岡を目にしても、谷垣の暗鬱《あんうつ》な気持ちは晴れなかった。

こいつ一人で、終わりじゃない。

悪臭を放つ宿便のような悪人どもが、この国の権力者に大勢残っている。

「刑事として、先輩の教えを遵守しましたよ」

死体を見下ろしながら、谷垣は吐き捨てた。本調子とは言えなかったが、すでに自力で歩けるまでには回復していた。

谷垣の脳裏に中田の顔が過ぎった。思いのほか重傷にならずに済んだのは、もしかしたら、あいつが手加減したからではないか。

いや。あの男が、情けをかけるはずがない。

＊

飯屋から漂う、ヌクマムに、ドリアンに、香草に、生ゴミ。加えて、異常にくせえ柔軟剤と、排気ガス——

歩きながら俺は、すっかりファングーラオのにおいに慣れちまっていることに気が付いた。

ホアンが生まれ育ったこの地域は、バックパッカー街だという。目抜き通りは栄えていて、小洒落た大きなカフェスペースも目に付いた。意外にも、島で農民どもが使っていた小さなプラスチックの屋台椅子は、あまり見かけねえ。

間もなく日没を迎えようとしている。

様々な規制が進められていたが、一歩裏へ入ればまだまだ治安が悪い。暗くなってからが本番で、ブラックジャック、マリファナ、売春と、違法行為が横行するようになる。

左側の細い路地を進むと、女がスマホをいじっている。黄色のミニスカートを穿いた、日本人だ。

目が合うと、女が笑顔を向けてくる。

令子《れいこ》だった。本土の大学に籍があるが、ホストにはまり、借金で首が回らないという。ハワイに続き、こいつはウリ目的で渡越《とえつ》した。少し前にうろついていたところを捕まえ、表向きバーの置屋を紹介してやった。

アジアへ売春の出稼ぎとは、我が祖国も地に落ちたもんだぜ。

不意に、現地の男が令子の前に立ち、馴《な》れ馴《な》れしく肩に手を回した。

早足で二人へ近づく。

「ハッハー。俺の猫だ。手を出すんじゃねえ」

日本語で伝えたが、相手の馬鹿は血相を変え、背を向けて駆け出した。誰が新しいボスなのか、順調に広がっているようだ。

「ありがとうございます」

「早く行け。店が始まるぞ」

「はーい」

黄色い尻を振りながら、令子は去っていった。


「中田さん」

ホアンが姿をみせた。

二人で並んで歩き、フルーツを扱うスタンドへ向かった。

ベトナム語でホアンがオーダーすると、「ほら、うまいぜ」とプラスチックコップを手渡してくる。

赤い液体を一口含んだ。

「スイカが一年中あるのか」

「ここは果物天国だ」

ホアンがストローを吸う姿は、どこか滑稽に映った。

「ヴァッアイ（ヤバい）」

店主が体勢を崩し、後ろに積んであった楕円型のスイカの山を崩しやがった。一番上にあったものが落下すると、砕け散り、赤い果肉をまき散らした。

「ウケるぜ。グエンを思い出すよ」

笑いながら口にした。

「スイカ、一緒に食ったのか？」

「違う。今、地面に落ちたやつだ。ヘリへ向かう時、あいつもSATに頭を吹っ飛ばされて、粉々になっただろ」

「ああ――でも、やつはあれで良かった。ラッキーだった」

「脳みそ飛ばされたところで、ジュースにもならねえ。砕かれ損じゃねえか」

「中田さんも、分かってるだろう。あいつは、根がまじめだ」

「だからなんだ？」

「俺たちと逃げてきたところで、裏ではとても生きていけねえ。頭がおかしくなっちまう」

「だとすると、あれは天の導きかもな――で、話って、なんだ？」

「チャイニーズだ。こっちの縄張りに、ちょっかい出してるようだ」

「くそが。ベトナムでも、やつらが幅を利かせてんのか」

一気に胸糞《むなくそ》が悪くなった。

「蛇は、とっとと狩らなくちゃならねえ。やつら、密入国斡旋だけにしておけばいいものを」

「せっかく中田さんが来たんだ。俺だって、日本人ツーリスト相手のビジネスは、絶対に渡したくねえ」

「どこにいる？」

「ベトナムのチャイニーズは、善も悪もチョロン地区で生きている」

「視察に行くぞ」

「ついでに飯も食おう」

「中華は食わねえ。味が濃すぎる」

飲み残したジュースを投げ捨て、歩き出した。

すぐ後ろを、ホアンもついてくる。

ネオンの中を進んでいきながら、噛みしめた。邪魔するやつらは、誰であろうと許さねえ――

谷垣のせいで島を手に入れ損ねたが、まあいい。ホアンのおかげで、すぐに新たな標的が見つかったからな。

この国に、俺の楽園を築いてやる。

＊この作品はフィクションです。実在する人物や団体とは一切関係ありません。

参考文献

一、書籍

上田篤『縄文人に学ぶ』新潮新書、2013年

北出幸男『日本ヒスイの本』青弓社、2016年

木村義志『日本の海水魚』学研プラス、2009年

クリス・マクナブ（著）、坂崎竜（訳）『SAS・特殊部隊式 図解徒手格闘術ハンドブック』原書房、2017年

クリス・マクナブ（著）、角敦子（訳）『SAS・特殊部隊式 実戦メンタル強化マニュアル』原書房、2017年

小林宏明『カラー図解 これ以上やさしく書けない銃の「超」入門』学研プラス、2018年

高木瑞穂『売春島「最後の桃源郷」渡鹿野島ルポ』彩図社、2019年

元村読書会編『島ことば集　伊豆大島方言』第一書房、1987年

森昭彦『うまい雑草、ヤバイ野草』サイエンス・アイ新書、2011年

由良弥生『眠れないほど面白い「古事記」』王様文庫、2012年

『特殊部隊SAT』イカロスMOOK、2021年

二、ホームページ

ベトナム人は本当に豚を盗んだのか？（出井康博）
Wedge ONLINE Wedge REPORT
https://wedge.ismedia.jp/articles/-/21275

一番の被害者は真っ当に過ごすベトナム人（出井康博）
Wedge ONLINE Wedge REPORT
https://wedge.ismedia.jp/articles/-/21276

ベトナム人実習生の背後にある深い闇（出井康博）
Wedge ONLINE Wedge REPORT
https://wedge.ismedia.jp/articles/-/22159

解説

相場英雄

プロレスとは極上のエンターテイメントである。

屈強なレスラーたちが互いに得意技を掛け合い、最後にカウントスリー（あるいはギブアップ、ノックアウトなど）を取れば、試合終了となる。

あえてエンターテイメントと書いたのは、プロレスはマッチメーカーが考えたシナリオをベースに、レスラー同士が試合の流れを組み立て、手に汗握るぶつかり合いで観客を楽しませる興行であり、純粋に勝ち負けを競うスポーツとは異なる存在だからだ。

なぜこんな話を始めたかといえば、私は小説という読み物がプロレスに似ていると考えているからだ。もちろん、小説は作者の想像上の産物であり、事実を丁寧に追い、ファクトを紡ぎ出したノンフィクションとは一線を画す。プロレスとの類似点はこれから触れるが、とにかく小説は筋金入りのエンターテイメントなのだ。

書店に行き、文芸コーナーに足を運んでみてほしい。〈青春〉〈ファンタジー〉〈ホラー〉〈時代物〉〈ミステリー〉とさまざまなジャンルの作品群が陳列され、読者は自らの好みの棚へと歩を進める。

大きな書店に行けば〈ミステリー〉という分野がさらに細分化されている。トリックやアリバイ崩しが主体の〈本格〉、天才的頭脳を持つ探偵が現場に行かずに鮮やかに事件を解決する〈安楽椅子探偵〉、病院や難病をトリックに使った〈医療系〉などがメジャーな存在だ。

そして最近とみに存在感を増しているのが〈警察〉を扱ったミステリーだ。書店の専門コーナーでもたくさんの作品が棚に並んでいるのは多くの読者がご存じのところ。

警察という極めて硬直的で、上意下達が徹底した組織を舞台に展開される多くのストーリーが、日頃の仕事でストレスを溜《た》め込んだ読者の共感を得ているからに他ならない。

そして、ミステリーのジャンルが細かく枝分かれしているということは、読者の嗜《し》好《こう》がより多様化し、〈こういう風にストーリーが展開してくれたら気持ち良い〉という欲求が高まっていることの裏返しでもある。

そして警察ミステリーは、〈凶悪犯と対峙《たいじ》する刑事が幾度も窮地に追い込まれたあと、見事に犯人を逮捕する〉、あるいは〈不正が蔓延《まんえん》する警察署で、孤独な刑事が正義を貫く〉的な勧善懲悪型が多い。警察モノが多くの読者の支持を得て、毎月どこかの出版社から必ず刊行されている背景には、最終的に望ましい形で事件が解決し、スカッとした読後感を楽しみたいから、という潜在的な理由がある。冒頭でプロレスに触れたのはそのためだ。

ベビーフェイスと呼ばれる善人キャラのレスラーに対し、ヒールと称される悪役が絡み、プロレスの試合が進行する。

ときには数カ月、あるいは数年かけて両者の遺恨を演出し、観客はハラハラドキドキを楽しむ。負けなしだったベビーフェイスがヒールにまさかの負けを喫し、再起を誓う。だが、相手も強者の悪役、そう易々《やすやす》とは勝たせてくれない。この間、ファンは足繁《あししげ》く会場に通い、プロのレスラーたちが組み立てたストーリーに身を委ねる。そして最後はベビーフェイスが必殺技でヒールを倒し、観客が満足して会場を後にするのだ。プロレス漫画の金字塔『タイガーマスク』を思い起こしていただけると、その構造がわかりやすいだろう。

さて、いよいよ本題である。

鬼田竜次氏の手による本作品、『煉獄島』はどう解釈すべきか。結論から言えば、本書はプロレスや警察ミステリーの型にはまらない、実にユニークな作品なのだ。

先に触れたように、プロレスならばベビーフェイスがヒールを倒す、警察ミステリーならば正義感に溢《あふ》れる刑事が悪を成敗する、主人公が組織に蔓延《はびこ》る不正を断つことで観客や読者に満足感を得させるという形が主流なのだが……この『煉獄島』という作品は、王道の警察小説のパターンのどれにもあてはまらないのだ。

本書の中から、主人公の印象的なセリフを引用してみたい。

〈いいか。俺はまともな警察官じゃねえ。こんなところへ島流しにされたぐらいだ。分かるな？〉

〈ここでお前を殺して、埋めても、誰にも気付かれねえはずだ〉

警察ミステリーの分野では、反社勢力や麻薬密売組織に潜入し、身元がバレるのを恐れつつ、息を潜める捜査員の話が度々登場する。しかし、本書の主人公である中田は、自分の意志、そして本音でこんなセリフを吐いているのだ。

しかも、同様の言葉がこれでもかと速射砲のように繰り出される。従来型の勧善懲悪のストーリー展開を求めて本書を手に取った読者は、腰を抜かすはずだ。

著者の鬼田氏は、『対極』で第二回警察小説大賞を受賞したのち、第二作として本作を描いた。『煉獄島』は『対極』の続編になる。

警察小説大賞の選考委員として、私はなんども〈破天荒なキャラクターを創造してほしい〉と訴えてきた。そして本作の主人公中田は、私の想像を遥《はる》かに凌駕《りょうが》するとんでもない怪物として前作の『対極』に現れた。

もし『対極』が未読ならば、絶対に読んでほしい。そうでないと『煉獄島』の持つポテンシャルが半減してしまうからだ。

『対極』では、中田が所属する警視庁の特殊部隊SAT、そしてサブキャラである谷垣が所属する捜査一課の特殊犯捜査係SITの対立、そして二つの組織が軋《きし》み音を立てながら謎の組織と対峙するストーリーが展開された。

審査の過程で同作を読み進めるうち、私は良質なアクション映画を観《み》ているような錯覚にとらわれた。中田の徹底した悪人ぶり、そして特殊部隊員としてのスキルの高さが圧倒的な筆致で紡がれていたからだ。

そして本作『煉獄島』だ。前作で大怪我《おおけが》を負った中田が復帰し、本人も仰天する異動を告げられ、離島の駐在所に懲罰的に送り込まれる場面から始まる。

ストーリーの冒頭、中田を嵌《は》めるために組織の上層部と谷垣が打ち合わせをするシーンが描写される。多くの読者が、悪者上司たちの描いたシナリオ通りに中田が動かされると予想するはずだが、そんな思惑はたちまち打ち砕かれることになる。

ネタバレになるのでこれ以上は明かさないが、中田という〈警察小説史上最悪ダークヒーロー〉（文庫版『対極』の帯コメントより引用）が、これでもかと暴れ回る様は予定調和、勧善懲悪の枠を粉々にし、落とし所が見えない展開が続く。また、離島という特殊な設定に加え、代々島に根付く因習、そして大麻栽培と不穏なキーワードがこれでもかと盛り込まれている。よって、ほとんどの読者はページを繰る手が止まらなくなるはずだ。

プロレスに話を戻す。

ベビーフェイスがなんどもピンチに直面し、最終的に自分の必殺技でヒールを倒すのがプロレスの定番のストーリーだと記した。だが、稀《まれ》にこのパターンを崩す試合に出くわすことがある。レスラーも人の子だ。ギャラへの不満や所属団体の思惑に踊らされ、相手（主にベビーフェイス）を本気で殴り、蹴り、そして病院送りにすることがあるのだ。ファンの間では〈不穏試合〉と呼ばれるレアなケースだ。

本書『煉獄島』は、どこか不穏試合に似ている。

小説のストーリー回しはこうあるべきと考える読者の多くをノックアウトするだけのパワーを内包しているからに他ならない。

また、本書の中には実際に警察の特殊部隊で装備されている銃器の類いがこれでもかと登場する。また武器を使いこなす中田の武術のスキルの高さ、格闘術のディテールは読み応え十分だ。

中田が単なる悪党なら、物語に深みは出ない。悪を貫き通すだけの技量を持ち合わせているからこそ、組織が考える警察官像を超える怪物キャラクターに成長したのだ。

そして前作から引き続き登場するサブキャラ谷垣の存在も良いスパイスになっている。

詳細は本書をご覧いただきたいが、善人キャラのまさかの行動、これも不穏試合に似ていて、読者を驚かせることになるはずだ。

中田という型破りの悪役は今後どう暴れ回るのか。そして悪に感化されたかに見える谷垣の行く末はどうなるか。

鬼田氏の次なる作品で二人をどうマッチメイクしていくのか。一読者として非常に楽しみだ。

（あいば・ひでお／作家）

―――本書のプロフィール―――

本書は、書き下ろしです。

小学館文庫

煉獄島《れんごくじま》

著者 鬼田竜次《きだりゅうじ》

二〇二四年六月十一日 初版第一刷発行

発行人 石川和男
発行所 株式会社 小学館
〒一〇一-八〇〇一
東京都千代田区一ツ橋二-三-一
電話 編集〇三-三二三〇-四二六五
販売〇三-五二八一-三五五五
印刷所 ―――――― 図書印刷株式会社

ISBN978-4-09-408370-5